Delirios de un psicólogo

Cuentos y relatos de una mente en terapia

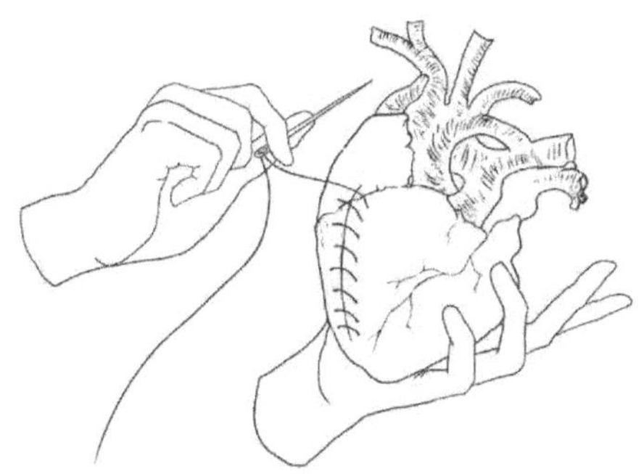

Guillermo H. Pegoraro

Ediciones Afrodita

Contenido

Selfie

Tres años de noviazgo habían servido para erradicar su baja autoestima, o por lo menos... era lo que suponía.

Tres años relacionándose con otro ser que brindaba atención, compañía, sentimientos y... sexo, que es otra manera de englobar la atención, la compañía y los sentimientos.

Lejos... u ocultos, habían quedado los vetustos rechazos, las burlas o los interminables días en soledad.

De repente, hay que estar de acuerdo que fue con gran diplomacia, él le dijo "lo nuestro no va más". Fue sin dejar dudas, y como gran caballero asumió toda culpa y responsabilidad. Ella hizo espasmódicos intentos para que se revea la situación, pero la inquebrantable barrera interpuesta por el novio en retirada, sólo hizo que se quedara quieta, observando pasar la locomotora del amor.

Martita es baja, pero con una cola redondita que atrae miradas masculinas. Es linda, pero su complejo de petiza amordazó su sistema de cotización.

Supo a los dos meses que Pedro estaba con otra; y a los seis, con una tercera. Era más que obvio, que su ex quería vagabundear por las vías de la soltería sin compromisos.

El noviazgo de Martita había quedado trunco, y la familia que pensaba formar con el fornido, alto, guapo y carismático de su ex pareja, se transformó en fantasía inconclusa.

Si bien, él, veinticinco años y ella con veinte, estaban en la flor de la vida, cada quien eligió administrar sus deseos de forma distinta. Pedro sacó pecho para seducir a diestra y siniestra, dejando cada pasado en justo lugar. Ella forjó presentes con aspiraciones de futuro dentro de una maquiavélica estructura de su pasado.

Los caminos se bifurcaron, y cada uno enfrentó alegrías, tristezas, ilusiones y desazones. Los años se amontonaron sin que ninguno hiciera el esfuerzo curioso por saber del otro. Pero mientras uno gastaba combustible recorriendo los paisajes de la vida, la otra no dejaba pasar un día maldiciendo haber sido abandonada.

Martita, sin proponérselo, fue objeto libidinoso de numerosos hombres, y con cada cortejante que aspiraba besarla, se las ingeniaba para enviar el mensaje al éter: "no estoy sola". Camuflado en su comportamiento, estaba el deseo que Pedro sufriera por haberla dejado y que le llegara la rotunda sentencia: "soy capaz de vivir sin ti". Fantaseaba el día en que el destino los juntara. Ese glorioso momento en que el "déspota", tras erráticos pasos, le pidiera perdón de rodillas, admitiendo que a ninguna mujer pudo amar como a ella. Infinitas veces su mente bullía en escenarios distintos, pero con la misma trama. Lo que nunca se permitió admitir, fue que el otro había insertado el punto final... y no confusos puntos suspensivos. Quizás en ello radicaba la supervivencia del orgullo de Martita: jamás sentirse digna de ser abandonada.

El tiempo pasó; se enteró que Pedro había formado pareja sin casarse y que de ese compartir nacieron mellizos. Ella entristeció y por poco pareció que comenzaba a formular el duelo. La guadaña de los hechos había barrido con sus sueños vengativos. Nada más alejado de la realidad.

Sintió la estocada, su vida social corría en desventaja mirando la del otro.

Ella se casó y sintió alivio... había emparejado las cuentas. Los dos estaban comprometidos, por lo que la fantasía del rencuentro cobraba vida... no como novios, sino como amantes.

Tuvo tres hijos y marido ejemplar, pero la quimera con Pedro seguía vigente. En esa quimera radicaba la sutura de la herida aún abierta. En ella radicaba el utópico deseo de dominarlo todo, incluso... los sentimientos ajenos, y eso la tranquilizaba. Nunca se animó a contactarlo; no era el caso, potencial, que le repitieran lo que en un principio quedó bien claro: "Dejé de quererte" y que ella se topara con la cruda epifanía: "No sólo que no eres amada, sino que has perdido tiempo en absurdos anhelos". Así que Martita procuró mantener sus fantasías bien alejadas de la realidad; en un limbo imposible, en donde le podía hacer los arreglos que se le antojaran, para que siempre, pero siempre, resultar ganadora.

A los cimientos de sus deseos los construyó en redes sociales, publicando cientos de fotografías de su vida. De mil instantáneas elegía las más glamorosas, para que alguna a él le llegara y se muera de envidia. Parte de su ilusión radicaba en que Pedro ambicionaba saber de ella, pero por remordimientos no le había vuelto a hablar.

Pasaron largos años y el día del juicio final llegó. En una parada de taxi, ella estaba esperando. Muy elegante en su vestir, con un cuerpo perfecto trabajado en el gym. Alguien se acercó, era él.

Ella lo observó, no con devoción, sino con horror. Pelado, panzón, arrugado y mal trajeado. "Lo atropelló un camión con ganado, y encima se comió todas las vacas", pensó. "Estás igual", le dijo él. Martita no devolvió halago. "Estoy apurada, fue un gusto volverte a ver", expresó ansiosa; para abordar de prisa un taxi y evitar mirar atrás.

En casa y en familia Martita está feliz, salió airosa del encuentro y hasta el paso del tiempo ha sido más benigno con ella. A las dos semanas, nuevamente se saca varias selfies con un grupo de amigas casadas. Otra vez elige la más favorecida y la sube a la red. Han vuelto sus fantasías, pero esta vez aún más irreales. Ya no sueña con el Pedro real, sino con el imaginario, grabado en los tiempos jóvenes. Con ese sí valía la pena vengarse, para no perder el tiempo en absurdos deseos.

El espejo

Así de difícil es cargar la mochila de nuestra herencia; así de complicado es soportar lo que opinan de nosotros.

Una de las mejores citas que ha perforado mis sentidos proviene del médico alemán Fritz Perls: "No estoy en la vida para cumplir las expectativas de otras personas, ni siento que el mundo deba cumplir las mías". Para él, cada persona debe ajustar su vida en cosas y circunstancias que lo hagan feliz, despreocupándose de la opinión de terceros, que en definitiva deberían conquistar la felicidad por sí mismos y no a costa de uno.

Suena espinoso... ya lo sé.

Un buen ejemplo, es aquel que me supo contar un colega mientras cubría la guardia en el neuropsiquiátrico zonal. Al día de hoy no sé qué opinar... pero por cierto deja mucha tela para cortar.

La historia comienza en una oscura y fría noche otoñal con el profesional revisando, lista en mano, a los pacientes en sus cuartos. Nota un hecho particular: el del 4B... no está. Termina la ronda, y al no encontrarlo en los demás dormitorios, da aviso a seguridad. Allí lo tranquilizan y le preguntan si revisó el pasillo oeste, donde el susodicho suele ir a pasear la mente.

Volvió a buscarlo y justo allí lo halló, sentado al final del corredor, mirando extasiado un gran espejo enmarcado. Alguien se preguntaría, qué hace un gran vidrio reflectante en un lugar de alto tránsito, por donde pululan personas al borde de la crisis. Pero no. El espejo era pintoresco y parecía que a todos les atraía.

Se acercó el docto a dialogar con el paciente, y al tenerlo a sólo centímetros, lo escuchó hablar con su imagen reflejada. Al percatarse de un tercero, el interno enmudeció.

Quiso saber el médico sobre la salud mental del otro, y se sorprendió al encontrarlo lúcido, vivaz y equilibrado. Justo es decir que al nombrado nunca lo había atendido, por lo que su historia clínica le era desconocida.

Como no quiso perturbarlo, arrimó otra silla, esperó unos minutos... y al paso del tiempo lo animaron con palabras.

Tras largos minutos el psiquiatra continuaba intrigado: ¿Qué hacía este hombre en un hospital psiquiátrico, si estaba más cuerdo que los propios médicos?

El paciente dijo reconocer que no encajaba con el resto de los internos, pero por más que se esforzara en acoplarse al mundo exterior, un hecho lo ubicaba correctamente en el loquero.

—¿Cuál? —interrogó el profesional.

—Dialogo con el espejo —respondió el otro.

Al psiquiatra no le pareció tan extraño el caso, si en definitiva todos buscamos en esos objetos la respuesta al cómo nos vemos, para ratificar o rectificar apariencia. Es más, hasta se diría que investimos de humanidad al espejo, tildándolo de amigo, si nos apreciamos, o de enemigo cuando ocurre lo opuesto.

Pero no; la particularidad radicaba en que el paciente sostenía que hablaba ¡Y la imagen le respondía!

Imagen y voces inexistentes... un claro caso de esquizofrenia, sostuvo el analista para sus adentros.

Cuéntame la experiencia, dijo el médico con curiosidad; y el paciente se despachó con argumentos dignos de Alfred Hitchcock.

Un breve trayecto de sus pasos lo situaban con historia triste a cuestas. Hijo único y no esperado por sus padres, que debido a su advenimiento formaron pareja para luego separarse cuando él tenía siete años. Criado por gélida madre, que, tras encontrar un nuevo y furtivo amor, lo devolvió con su inmaduro padre. A los diecisiete, cansado de ser estorbo en los planes de otros... se independizó.

Físicamente tampoco le fue bien. Heredó la visión disminuida de su abuelo paterno, y nariz gancho de una bisabuela. Pero si algo había rapiñado de sus malos genes, fue su tesón en los trabajos; siempre como empleado, nunca como independiente.

Obviamente, con los negocios nunca prosperó, y en lo sentimental, una y otra vez fracasó. Siempre dudó que los triunfos fueran para él; y si alguna vez vislumbró algún signo positivo en el camino...

cambiaba de rumbo para no volver a soportar el inminente fracaso.

Solo, a los cuarenta, con un pasado digno de olvidar, un presente sin sentido, y un futuro sin ánimo de conocer... pensó en el camino más corto. No obstante, se dijo que éste sería su último día laboral, como empleado de un anticuario.

En el negocio, rodeado de cosas sin uso, se puso a limpiar lo que ahora sólo servía de adorno. Antes de que la jornada terminara pasó frente a un gran espejo enmarcado, que minutos antes había limpiado con esmero. Se sorprendió. Se notó distinto. Como si algo en su reflejo le agradara. Se marchó.

Camino a casa sus pensamientos suicidas se habían esfumado. Sólo pensaba en esa grata sensación que había experimentado.

Con día nuevo retomó su labor en la tienda, y ansioso posó frente al espejo. Nuevamente se percibió espléndido, y como si de santo y seña se tratara, se enamoró de la antigüedad a la que adquirió a cambio de vacaciones adeudadas.

En casa no pasaba fecha sin posar frente al artilugio; el cual no lo retrataba en vivo y en directo, sino que lo mostraba todos los días un año más joven. Era un espejo que funcionaba al revés.

¡Se asustó!, pero como versa el dicho popular "Para el hambre no hay pan duro"; y ante la necesidad de aprobación, ¡qué importaba lo extraño del caso!, si por fin tenía algo que le daba ánimos.

Así pasaron veintitrés días, hasta que al fin la magia culminó, mirándose él cuando tenía siete años.

De allí en adelante todo era monótono. El batía un brazo y el niño del reflejo repetía el movimiento, incluidas las muecas, guiños, gestos o mímicas que se le ocurrieran. Pero todo cambio cuando al infante del vidrio lo notó triste. Él le habló por primera vez como si de otro ser se tratara, dándole con este gesto una identidad, animándolo una y otra vez a volcar su verdad. Primero fueron señales casi imperceptibles, luego movimientos autónomos, y al fin, el mocoso habló.

Pasaron los días y los meses, y no faltó oportunidad para que ambos se encontraran de frente y expresaran sentires y pensamientos; y mientras el niño se lamentaba de no ser querido, el adulto le repetía hasta el cansancio que él lo amaba hasta la muerte. Sin embargo, al chiquillo le era difícil desligarse de la historia familiar; y su mente, como pétalos de margaritas, practicaba un continuo "me quieren, no me quieren".

De esas largas charlas, en soliloquio para los cuerdos, en diálogo para el paciente, surgió un nexo que los unió; y mientras el chaval fue entendiendo que el desprecio recibido no era culpa suya, el grandote comprendió lo difícil que es ser adulto cuando se maltrata al niño que alguna vez se fue.

El psicólogo ha quedado perplejo con la historia escuchada. Su mente racional descarta cualquier magia o embrujo; más bien piensa en lo particular de esa mente, que, en vez de trabajar los traumas, de manera oculta, con el inconsciente, se ha permitido moldear al recuerdo en carne y huesos, para que la conciencia comprenda y se libere de las penas. Sólo le falta entender el por qué este paciente se ha hospitalizado de manera voluntaria, si a la novela familiar la tiene por superada. La respuesta lo sorprende aún más:

—Lo que pasa doctor... es que el niño ya no aparece en ningún espejo, y sólo me veo como al comienzo, agobiado por el peso del silencio. Por eso ando en los loqueros, buscando el reflejo inocente de lo que fui.

Y el psicólogo de guardia, posando una mano en el hombro derecho del paciente, con rostro docto y asertivo le respondió:

—Lamento darle una mala noticia. A eso se le llama maduración.

Kathoey

Mientras lo mira, entre sus manos manipula un cubo de rubik.

—¿Has terminado?

—Si... pero como verá... no soy buen dibujante.

—No importa, ahora da vuelta el papel y haz otra persona, pero de sexo distinto.

Ya le habían hablado de este analista y de sus métodos poco ortodoxos... pero ponerse a jugar con un rompecabezas mecánico tridimensional, mientras a él le urgía contar sus problemas, le parecía extraño... y hasta se diría... bizarro. Sólo la fama del quien dirigía la sesión, y lo difícil de lograr un lugar en esa recargada agenda, lo mantenían enhiesto en la silla de los pacientes.

Diez minutos más tarde, el hombre entrega el test con las figuras humanas.

Hace descansar el cubo y toma la hoja. La observa de ambos lados y confirma su hipótesis. Los dibujos son iguales y carecen de género. Una sonora palabra tailandesa surge en su mente "Kathoey".

Lo había visto ingresar al consultorio con paso forzado, musculatura rígida y expresión gélida. Un apretón de mano exagerado... surgido de mano suave y delicada, denostaba la máscara que había elegido usar. Nombre y apellido, sólo indican una existencia, con fecha de nacimiento y conjunto de supuestos de lo que de él se espera... nada más.

El cubo de rubik volvió a girar entre sus firmes manos, sólo atinando a formar una fila del mismo color, mientras en otras caras se desmadraban viejas coincidencias. Cuántas veces en la vida ocurre lo mismo. El humano es vínculo en potencia; buscando la unión permanente y esa mirada que le diga "me agrada estar contigo". Anhela empardar con lo ajeno, porque la soledad incomoda; pero al lograr su objetivo, siente aún el cosquilleo de ser uno frente al mundo... y vuelve a anhelar. El círculo vicioso de la insatisfacción es bien visto, mientras de él se diga "Es, humano en búsqueda"; pero cae en desgracia, quien anhela y no lo miran, sufriendo la tortura de no hallar la clave del convivir con otros... bajo el mismo cielo.

¿Había necesidad de camuflar sus deseos?

Vestido con pantalón de algodón y remera suelta, no podía ocultar que cierta hormona ajena había modificado el contorno de su cuerpo. El pelo corto y prolijamente peinado delataba aroma de fijador y rastros minúsculos de antigua tintura. Y su rostro, no habría soportado verse completamente limpio, prefiriendo algo de rubor para... vaya a saber qué.

La clave de un buen análisis es satisfacer lo que todos necesitan: enterarse de una vez por todas, quién uno es, y qué diablos hace en este jodido mundo; quizás, como placebo para soportar con hidalguía el camino hasta el final. Quien, voluntariamente consulta, se encuentra inhibido en responderse, llevándolo a dudar de sus actos, y a sentir temor hasta de quien es.

Por eso la pregunta surge y urge: ¿Qué te ha traído hasta aquí?

Es la gran oportunidad para el hombre. Dirá que le aqueja, relatará su historia, expresará temores, buscará respuestas, dará su opinión, analizará ajenas, será permeable a las críticas y pondrá su mayor esfuerzo en comprender... ¿O no?

Difícil es modificar una vida, maniatar instintos, domesticar pensamientos, aniquilar costumbres, suprimir placeres. Los cambios no ocurren cuando son pedidos... se dan cuando a uno se le antoja.

Duda.

Cede.

—Creo saber que me pasa —se confiesa abiertamente el paciente—. Hace treinta años que vivo esto. El mundo no me acepta... me odia; y yo lucho por encajar... pero sólo soy eficaz cuando me oculto. Vaya si sé lo que me ocurre, y de las mil maneras que he tratado de revertirlo... para agradar; pero solamente consigo congelarme para no mostrar lo que realmente deseo mostrar. Sinceramente no espero de usted ninguna ayuda, solamente que me escuche en mis penas, atragantadas por amargas y duras. Quizás encuentre alivio al soltarlas... quizás no. ¿Empiezo?

—¡No! —respondió firme el psicólogo.

Paciente y analista se miraron sorprendidos. Uno había gritado ¡Truco!, creyendo tener la ventaja del saber a su lado. Pero el otro, contraatacó con ¡Retruco!, construido con años de experiencia.

—El hecho que conozcas el origen y la naturaleza de tus penas, me parece ¡fantástico! El hecho que sientas que estás vencido, no; porque con sólo pensarlo, ya lo estás. Permíteme hacer oídos sordos a tus problemas... los dejaremos para un después, en algún día, en que será anécdota lo que hoy te trajo aquí. Déjame abordar otro tema, que por cierto me parece aún más importante, y que surge de esa frase tuya "El mundo me odia"... y por esto te pregunto: ¿Qué es el mundo para ti?

La respuesta devino, y no pudo ser más acertada como equivocada. El profesional tomó la palabra y expresó:

—Cada quién mira al mundo como un todo, con reglas, normas, principios y estereotipos; dispuestos por lobos y ejecutadas por corderos. Cuando un débil se revela, no se libera, sólo se pasa al bando de los carnívoros. Visto de esta manera, el humano se empequeñece cuando se siente oveja, caminando en puntas de pie por temor a equivocarse y ser devorado. Puedes venir al mundo (imaginado) con algún rasgo que no encuadre: será color de piel, origen, sexo, creencias, estatura, pierna más larga, oreja más pequeña, insipientes bustos, ojos desteñidos o cualquier otro parámetro que viole el estatuto del lobo; o puedes... venir al mundo (real) como la naturaleza te trajo, y sacarle jugo a tu existencia. Ninguna vida es más valiosa que otra; todas parten del minuto cero, y encabeza la carrera quien ante el cansancio redobla el esfuerzo, y aunque tropiece, se levanta, lo intenta y corre. Dejar de ver al mundo como un todo ¡es la clave! Él sólo es, suma de LED de una ficticia gran pantalla, que algunos tahúres te quieren vender. Todos los diodos son iguales cuando están apagados, pero el que logra encenderse hace la diferencia. Junta a las personas que te irradian y encienden tu luz, y olvida a las que te oscurecen. Así lograrás proyectar la película que tú quieras, aunque más no sea en pantalla de pocas pulgadas. No intentes vivir la película de otros;

ni los culpes si no te animas a rodar la propia. Tienes las herramientas para lograrlo y están en ti. Aprende a elegir, se tú mismo... y lograrás ser feliz.

La sesión llegó a su término y el terapeuta le entregó al paciente el mal resuelto cubo de rubik.

—Me lo devuelves cuando nos volvamos a ver. No te exijas completarlo, haz de él lo que quieras; pero mientras quedes conforme... seguro que todo estará bien.

Te enseño a amar

"Sólo entregas lo que te dieron, buscas lo que nunca tuviste...", fueron algunas frases que el terapeuta de Jorge le fue aportando al ausente de su paciente.

Jorge Bustamante es un empresario joven, casado y con un hijo de apenas once meses de nombre Joaquín. Su vida no ha sido cuadro codiciado. Tuvo un padre duro y ausente que bajo la norma "primero el respeto, luego el afecto", nunca dudó en aplicar la ley del orden y la disciplina rígida.

Mirando su pasado, de ningún modo deseaba un hijo varón; quería una nena, que se pareciera a su madre, de quien recibiera los más tiernos besos. Pero varón ¡jamás! Se negaba a repetir esa mala experiencia padre—hijo que cargaba de herencia. Nació el pequeño Joaquín y Jorge se decepcionó. Cada vez que se asomaba a la cuna, lo único ansiado era que el niño no lo mirara con esos profundos ojos azules, igualitos a los del abuelo paterno. Los amigos lo felicitaban y decían que el mocoso y él eran dos gotas, hasta en el color de ojos. A veces se quedaba cuidando a la criatura, y el polluelo lloraba porque tenía hambre, se sentía sucio o estaba practicando. Jorge se enfurecía, zamarreaba el moisés, o desde lejos le arrojaba una almohada. Luego, calmado, lo atendía.

Como hombre que se vanagloria de "racional", miraba al futuro; pero escondía pasado, calco del presente. En él bullían desmedidos castigos guardados por simples travesuras. En él anidaba el rencor por tal bruta educación paterna.

Así fue que el pequeño cumplió once meses, con madre afectiva y padre ausente. Dos días después, cuando a solas se aprestaban para el ritual de cambio de pañal, el niño sintió frío y un largo y tibio orín bañó al rostro adulto. El instinto bruto pudo más que la razón, y el acto cobarde y traicionero doblegó al honor; una fuerte mano de hombre con la violencia para voltear un igual, impactó en la suave mejilla del bebé, dejando tatuados los dedos en ardiente rojo. Jorge se paralizó, luego se paró y horrorizado pegó su espalda contra la pared, viendo a su hijo sin reacción. El infante lo miró con los más abiertos ojos, se empapó en su propio orín, juntó durante un minuto suficiente aire y por más de tres horas no paró de llorar. No hubo caso, cambio de ropa, mamadera que no tomó, paseos en alza, juguetes, ruidos, televisión, nada, nada alcanzó. Jorge hizo lo único que sabía por experiencia, alejarse del problema, sentarse en un rincón de la habitación con la cabeza gacha entre las rodillas y los brazos apretando las piernas. Ya no era un niño, ahora eran dos los que sufrían. Cuando vino la madre, el padre mintió. Sostuvo que por un minuto se descuidó y el pequeño resbaló; y que los magullones en el rostro eran frutos de la caída. Los cálidos brazos de madre, las dulces palabras de mujer consiguieron que el benjamín se envolviera a más no poder a la fuente insaciable de amor.

Los días pasaron y los dos hombres se medían. El más grande tratando de encontrar palabras para mendigar perdón; el pequeñín tocándose la mejilla señalando traición. Jorge no hacía más que sentir culpa. Luchaba en su interior la angustia entre quien era y lo que otros esperaban de él. El terror de no ser la imagen que se esforzaba en dar, le indicaba que lo podía perder todo. Una y otra vez las palabras de su terapeuta venían a su memoria "sólo entregas lo que te dieron". Por eso taladraba en su mente un fuerte sentimiento de crítica hacia sí mismo, buscando al mesías que lo salvara.

Encarcelado con su debate en propia prisión construida, reflexionó. No valía la pena honrar la mala herencia, siguiendo mandatos a rajatabla. Él tenía conciencia y con ella podía examinar errores y rumbos equivocados. No importaba cuanta culpa sintiera, el pasado era inamovible, pero se podía aprender de aquello, convirtiéndolo en experiencia. Dejó de pensar en sí mismo. Al tiempo se lo dedicó al niño. Como nunca lo observaba en cada segundo, en cada movimiento. Lo veía caminar como robot en un intento de dominar el paso. Se emocionó cuando lo descubrió tomar un cepillo y pretender lustrar un zapato, como él en todas las mañanas; y no pudo creer cuando lo vio acercarse a la mesita de luz, apartar una pulsera y tomar el reloj masculino y desear insertarlo en su endeble muñeca. Jorge descifró, su hijo estaba imitando rituales adultos con el simple objetivo de crecer.

Un miedo terrible invadió su espíritu. Advirtió que, desde los cinco años, edad en que todos tenemos nuestros primeros recuerdos, siempre había conocido a imperfectos humanos. Todos, sin lugar a dudas, se habían presentado a su vida con pasiones, temores, aciertos, dudas, errores y miserias. Pero no fue hasta la llegada de su hijo, que por fin conoció la blancura sublime, la inocencia extrema, la falta total de malicia. Había estado frente a la perfección humana, y... la había mancillado. Nada será igual; el niño había conocido maldad, agresividad, odio, desprecio, cólera e injusticia... de quien estaba obligado a brindarle lo opuesto. Deshecho en la cama, sobre el respaldar, Jorge observaba al pequeño sentado sobre el colchón, a espaldas suyas, mirando televisión. De repente, Joaquín giró el rostro y le clavó sus ojos azules. Se sostuvo con las palmas y rodillas y animadamente gateó hacia él. El padre se sorprendió, Joaquín se le aproximó, y casi tocando sus rostros el niño sonrió y arremetió con un "paaa pá". Llorando lo abrazó, y en esa dulce mirada inocente de niño, su hijo pareció decir "no te preocupes... yo te enseño a amar". Y Jorge tuvo una segunda oportunidad... una nueva niñez.

Hipocresía

¿Cuántas dolientes historias ha soportado esa silla? ¿Cuántas saladas gotas se han suicidado en el piso? ¿Cuántas vanas palabras se han dicho, cuántas que calmaron se dijeron?

Miro ese lugar, trono de penas, y me pregunto si el peso de las víctimas ha decrecido a partir de mi verbo. Quiero creer que sí. El alma con razones de vivir, debería pesar menos, que aquella obligada a cargar la cruz del martirio.

¿Cuántas femeninas manos han golpeado suavemente a la caoba de la puerta? ¿Cuántas veces he repetido: "Ven siéntate... te invito a charlar"?

Cuatro paredes y un sinfín de tristes historias. Son parecidas... no iguales. Los relatos se repiten, sólo mutan nombres y lugares. En otras ocasiones, la trama sólo es decorado de lo oculto, que a gritos pide surgir; y uno es el instrumento quirúrgico que se ofrece para extirpar.

Tonel de indignación. Dique de rabia. Rascacielos de furia. Universos de irritación... fluyen en la mente de quien escucha, se contiene y se ve obligado a decir: "No estás sola, verás que todo saldrá bien". Lo confieso: no es la piel, es el propio espíritu que resulta curtido ante la impotencia de doblegar al maldito o razonar con el demonio.

Pero suele ocurrir, dentro de la vida y sus revanchas ofrecidas, que al madero de la puerta lo aporreen fuertes manos.

—Adelante, ¿en qué le puedo ayudar?

—Vengo a denunciar a la madre de mi hijo.

Dejó de ser su pareja, confidente, partenaire de sueños, fusión en la intimidad, destino de pesados chistes, buzón de malos días, su porqué para ser hombre; para convertirse en una extraña que los une, tan sólo, la relación con su hijo, que sí, tan sólo, biológicamente es de él.

—¿Cuál es la causa?

—Mi hijo... llegó de visita y comentó que ella lo había zamarreado.

—¿La razón?

—No la sé.

—¿No se lo consultó al pequeño? —Pregunta que desconcierta para luego ser honrada con un "No" dubitativo; que sólo dura en el ambiente lo que el orgullo permite. Como sable fuera de vaina, y en clara maniobra defensiva, la sentencia cae y corta con el filoso argumento.

—No importan los motivos, ella no lo debe hacer.

—Estoy de acuerdo.

¿Qué suelda a padre e hijo, si no lo es la protección? ¿Qué es lo que distingue a progenitores de sus retoños, si no es el amparo de primeros sobre segundos?

—¿Separado?

—Sí, estuvimos cuatro años juntos... y hace dos que no.

—¿Régimen de visita?

—Fin de semana por medio.

—¿Cuota alimentaria?

—Está fijada... pero no la puedo pagar, estoy desempleado.

—¿Suele comunicarse seguido con su ex mujer?

—¡Para nada!, ni siquiera los días de visita... cuando me lo trae.

A veces, la categoría "visita" se ajusta demasiado a la realidad, haciendo que su antónimo perfecto sea "crianza".

—¿Usted ha vuelto a formalizar?

—No... nada serio... usted sabe... me entiende, ¿no?

—¿Y ella?

— ¡Sí! —ofuscado se muestra—. Me enteré en la última visita.

No es machismo, porque el varón sólo procura distinguirse de la hembra; es la voz del necio, pretendiendo ser amo de cuerpos, mentes y ajenos sentimientos.

—Cuando ustedes convivían, ¿ella alcanzó a zamarrear a su hijo?

—Sí, por supuesto.

—¿La denunció?

—No, esta es la primera vez... además lo había hecho a modo de escarmiento por una travesura... lo que me pareció ejemplificador.

—¿Usted va a solicitar la tenencia del menor?

—¡No! Qué más da. No le estoy diciendo que no tengo trabajo.

¿En dónde radica la justicia? ¿En seguir protocolos jurídicos en procura del bien social o en darle a cada quien lo que le corresponde?

—Si me permite voy a resumir la denuncia que usted va a formular en base a sus respuestas: cuatro años casados. Hace dos que están separados y no se hablan; por lo que advierto su ciega confianza hacia quien ejerce el rol de madre. Asegura que a su hijo lo ve cada quince días; deduciéndose que en la mayor parte del tiempo no está para educarlo, alimentarlo, asistirlo cuando enferma o resolverle sus necesidades materiales y espirituales. No aporta para su bienestar, por no tener trabajo; pero si cuenta para su propio provecho y en esos encuentros que usted tilda de "nada serios". Justificó la aplicación de correctivos mientras estaba en pareja, pero ahora, enterado que su ex mujer está conviviendo con otro hombre, no lo tolera. No procuró saber en qué contexto su hijo recibió el correctivo, porque no habló con él, ni le pidió explicaciones a ella; pero suelto de prejuicios lo trae a esta dependencia para que declare contra la madre. No tiene en cuenta los perjuicios psicológicos de este ámbito antinatural en los niños, ni las consecuencias futuras del saber que denunció a quién lo cuida y lo ama. Por último, debemos agregar que no se entiende que pretende con la denuncia, porque a su hijo lo va a seguir dejando con su "cruel" progenitora y usted se niega a tenerlo en custodia.

—¿Me está queriendo decir que a esto lo hago por despecho?

—Yo no lo dije... lo dijo usted.

TOC

Suena con insistencia el despertador, aunque Mario hace media hora que espera dicho sonido. Exactamente treinta veces, una vez por minuto, ha visto el reloj para asegurarse que las manecillas arriben a la hora programada. Su atención se relaja, las palpitaciones descienden y su respiración acompasa. Mario logra dominar su ansiedad.

Duerme sobre el costado derecho de la cama, el sector más próximo a la puerta de la habitación. Con la mano izquierda retira la frazada y siempre con el pie derecho comienza a levantarse. Con cuatro palmadas le otorga a la almohada su forma original. Ocho exactos pasos hacia el baño y de manera suave pero contundente enciende la luz. Se observa el rostro durante veinte minutos, tratando de encontrar signos alarmantes de una hipotética enfermedad. Luego sigue con el ritual de limpieza en los dientes. Veintitrés veces, ni una más ni una menos, cepilla los de arriba, y veintidós frotadas para los de abajo. Se peina y cuenta los cabellos desprendidos, los anota en una libreta que guarda en el botiquín. Se higieniza insistentemente las manos con cuatro productos diferentes, y cada una de las cuatro toallas usadas irá directo al lavadero. Vuelve a la habitación, tiende la cama de manera rigurosa, y acomoda cada elemento del recinto hasta quedar como fotografía de revista de interiores. No soporta ver desorden y menos llegar a casa y tener que adecuar algo.

Se viste, una hora frente al espejo. Tres veces se desnudó para reforzar, innecesariamente, la costura de algún ojal, cepillar la pelusa de la camisa o planchar nuevamente la línea del pantalón. Ya acicalado y antes de salir, gira siete veces la perilla de la puerta y recién se retira. Todo ello, entiende Mario, es obsesión; pero por más que lo tilden de soflamero, debe hacerlo para calmar sus impulsos incontrolables.

Por su manía acumuladora de facturas y recibos caducos, adquirió cierta destreza como archivero en una empresa.

Mario está solo, dos fallidas relaciones le bastaron para evitar las potenciales. Él necesita del control absoluto, que a su alrededor causa miedo.

Cansado de la situación consultó a un prestigioso psicólogo y se sorprendió de lo rápido del diagnóstico. Le dijeron que sufría de Trastorno Obsesivo Compulsivo, más conocido por sus siglas TOC, y que la terapia era larga, fatigosa, pero con buen pronóstico. El tratamiento también tenía sus iniciales, EPR o Exposición y Prevención de Respuesta, y consistía, más o menos, en que el paciente tendría que enfrentarse, poco a poco o de manera categórica, con sus miedos, actuando de modo opuesto a sus rituales. Por ejemplo, en su caso, debía dejar de pensar que su reloj desertaría en funcionar y cada vez vigilarlo menos, hasta lograr un sueño profundo, sólo interrumpido por la alarma del aparato. Este método terapéutico se llevaría a cabo de manera gradual, hasta que haya adquirido una mayor tolerancia a la ansiedad y pueda controlar sus arrastres.

Vanos fueron los intentos. El esquema de pensamiento de Mario se negaba cambiar. A lo sumo llegó a vigilarlo veinte de las treinta habituales veces, pero la ansiedad lo llevó a redoblar otros rituales.

Al fin reflexionó. La manera gradual no servía, lo haría con la segunda alternativa brindada por el profesional.

Una noche como cualquiera, en realidad no como cualquiera, Mario rompió el protocolo. En vez de volver del trabajo a casa, a medio trayecto se introdujo en un bar de dudosa reputación. Nunca se imaginó que ese antro de lujuria sería el campo de batalla, donde su manía se trabaría en lucha contra sus miedos.

Apenas ingresado, el tornado hecho de humo de cigarros lo hizo retroceder tres pasos. Dudó, sintió como si mil topadoras en su cerebro lo empujaran hacia la calle. Se dijo a sí mismo... no hay alternativas. Aspiró hondo y se introdujo de nuevo y hasta que no encontró una silla vacía no soltó el aire. Enérgicamente, y con señas de un profesional e histérico mimo, pidió que limpiaran la mesa, tratando de poner su silla lo más lejos de los otros habitués. Ya que agua mineral embotellada no vendían, pidió lo mismo que abundaba en otras mesas. El primer sorbo de whisky laceró su garganta. Como a cualquier abstemio, sobrevino el dolor de cabeza. Hizo nueva seña y a la mesera le solicitó una aspirina; pero la confusión reinó y le trajeron hesperidina. Mario creyó ver en el vaso servido un nuevo analgésico que no conocía, y de un solo trago lo consumió. Fue su último recuerdo de aquella noche.

A la mañana siguiente se despertó en su casa; con la mano izquierda corrió la frazada, y con el pie derecho comenzaron sus pasos al baño. Al salir recién se percató de ella; una desnuda muchacha dormía al lado izquierdo de la cama.

Sorprendido se cambió presurosamente y procedió a despertarla. La joven, entre sueños y vigilia, logró abrir los ojos. Se incorporó sin premura dejándose ver sin cohibición, y con una gran sonrisa le dijo:

–Hola amor, ¿qué tal has dormido?

Él, blanco como ratón de panadería, no salía del asombro; preguntó por la desconocida, y la historia le fue develada.

En estado de ebriedad se había subido al escenario y puesto a bailar con una de las meseras, y como el alcohol desinhibe la mente, también lo hizo con la lengua. A las promesas de noviazgo, futuro y casamiento, ella se las creyó y lo acompañó a su casa.

El archivero perfecto estaba por llegar, por primera vez, tarde a la oficina, y no le quedaba tiempo para dar adecuadas explicaciones. Giró siete veces la perilla de la puerta y se marchó.

En el trabajo las horas pasaron lentamente, entre palabras que buscaba para darlas al volver y las burlonas indirectas que sus compañeros le atribuían a su soltería.

Ya de regreso, pensó: la mujer que lo espera en su hogar es más que bella y está dispuesta a dormir con él. ¿Y... si le permite quedarse por un tiempo, lo suficiente como para desvirtuar las sospechas que tienen los otros sobre su hombría? Así lo hizo, y la respuesta de la muchacha fue "si" con una simple frase "Nunca pretendí un príncipe que me llevara a su castillo, sólo un hombre que me despertara de mis sueños con un beso".

Jimena, como se llama, es su alter ego, su opuesto idéntico, su contrincante perfecto en el juego moral entre lo bien y mal hecho.

De aparente vida libertina, la muchacha también se encontraba atada a rituales. No soportaba ver orden en la casa. Una noche dormía del lado izquierdo de la cama, la noche siguiente al pie, y en la tercera... encima de Mario. Dejaba todo desordenado en el baño, el dentífrico sin la tapa, el cepillo de dientes sin enjuagar y su ropa interior encima de la mesita de luz. A las puertas las abría con las caderas, y nunca apagaba la luz. Eso sí, una experta en el arte de las caricias. Quizás por ello Mario la soportó por largo tiempo; tal vez sospechando que los iguales se atraen, pero aburren, y que los opuestos generan cierto movimiento que excitan. Lo cierto, que al fin terminó enamorándose de este ser tan complejo como simple, que le daba fundamentos necesarios para seguir con sus manías, a las que consideraba cada vez más necesarias ante la amenaza permanente de su novia.

Corolario, como versa el dicho popular, nunca falta un roto para un descosido.

Hoy se despierta treinta minutos antes que suene la alarma, y una vez más dirige la mirada, ya no hacia el reloj, ahora hacia Jimena.

Imagen borrosa

Sus delicadas manos acarician los ingredientes que pronto será un manjar. Está concentrada, disfrutando, cortando tomates, pimientos y rabanitos. De repente... su piel se frunce y un escalofrío la invade. Mira azorada el reloj de pared y advierte que sólo resta un minuto para la hora fatal.

Suelta el cuchillo y sin lavarse las manos sale corriendo. Se dirige a la sala principal y toma el tubo del teléfono en el segundo llamado. Sabe que si suena tres veces... estará en problemas.

—Hola... ¿cómo estás? —escucha del otro lado.

—Hola... bien, ¿y tú? —dice ella.

—Como siempre —responde el hombre—. ¿Sola... verdad?

—Sí, sí, acá preparando la comida.

—Bien, bien... no te acuestes tarde, mañana te vuelvo a llamar temprano.

—Sí, sí, claro.

Cecilia cuelga el teléfono y se recuesta en el sofá. Deja su cuerpo desinflarse y a su corazón recobrar ritmo. No es por amor, siente ansiedad y miedo.

Siempre a las ocho de la noche, en punto, Mauricio la contacta telefónicamente. No lo hace a su número móvil, sino al fijo, para comprobar que se encuentra en casa. Hace cuatro meses que son novios y por igual tiempo la vigila, controla y manipula.

Lo conoció un domingo en el culto, y le pareció encantador. Vicepresidente de una prometedora empresa, soltero de buena apariencia; se ofrecía como buen partido. Era un asiduo colaborador del templo y el pastor prodigaba de él mil virtudes, quizás... por su generoso diezmo. Sin embargo, otras versiones habían llegado a sus oídos. No era lo que decía; más de una fiel había hecho trascender alguna crítica sobre su conducta.

El mostró interés y dio el primer paso… ella dudó. El pastor la convenció a pedido del primero.

Típico narcisista violento, primero mostró un paraíso, luego la hizo sentir basura. Del yugo no pudo zafar. Ella significaba una posesión que no estaba dispuesto a renunciar.

Acudió al pastor y le relató sus penurias. El presbítero la escuchó y temió perder la jugosa ofrenda. La invitó a leer juntos el libro sagrado y encontrar allí la solución: «Pablo dijo: "La mujer aprenda en silencio, con plena sumisión. No consiento que la mujer enseñe ni domine al marido, sino que se mantenga en silencio, pues primero fue formado Adán, después Eva. Y no fue Adán el seducido, sino Eva, que, seducida, incurrió en la transgresión. Se salvará por la crianza de los hijos, si permanece en la fe, en la caridad y en la castidad, acompañada de la modestia»"—. Cerró el voluminoso libro y miró a Cecilia. La mujer quedó encerrada. Su fe ciega la convirtió en su propio carcelero.

Termina de cenar y se acuesta temprano, mañana debe atender el teléfono antes que suene tres veces.

Le cuesta conciliar el sueño, da una y mil volteretas entre las sábanas. De repente siente sed. Abre los ojos y sentado en una silla de la habitación lo ve. La imagen en el rincón más oscuro es confusa, borrosa. ¿Es ser o cosa? No entra en pánico, sólo la incertidumbre se apodera de ella. Por momentos piensa que es Mauricio…, por momentos no. El bulto se mueve, demostrando ser una figura antropomórfica.

—¿Qué deseas? —dice ella.

—Hablar contigo… nada más.

—¿Me harás daño?

—¿Daño?… no, no, no. ¿Por qué desearía hacerlo?

Cecilia se siente transportada a otra dimensión. Trata vanamente de amoldar sus ideas, de comprender lo que ocurre. Se acomoda en la cama e indaga al intruso.

—Creo que te conozco. Me han hablado mal de ti, y por eso mi temor.

—¿Mal de mí? ¿Quiénes?

—Los del culto.

—Ah, sí... puras calumnias. Ellos nada saben de mí; yo sólo trato con el jefe de la iglesia. ¿Alguna vez me viste hacer algo impropio?

—No... pero me dicen que seduces, tientas y buscas convencer a las personas con tu poder, y luego ellas terminan sufriendo las consecuencias.

—¿Me acusas de ser elegante con palabras? ¿De actuar como eficaz vendedor? No, no, no. Fíjate..., sólo ofrezco, no obligo. Cada quien es dueño de su presente, sueños y la manera en que actúa para conseguirlos. Si sufre, habría que preguntarle por el camino elegido y porfiadamente sostenido.

La mujer se frota los ojos, esfuerza mirada, pero el hombre se sitúa en la sombra de la habitación y no alcanza a reconocerlo. Se ve impulsada a seguir indagando, para descubrir razones de presencia.

—Entiendo que hasta en tu trabajo, tu jefe habla mal de ti.

—Uff... ya escuché de ello. Él solo es un viejo que no sabe llevar la empresa y teme que con mi juventud pueda hacerme de ella. En realidad, el malvado es él; pero como buen Maquiavelo, se ingenia para divertirse echándome la culpa. Asesórate y verás a cuántos bajo su mando se sacó de encima, y compáralo con mi actuar, en donde no me pueden achacar ni uno. Pero la publicidad es mágica. Él es Dios, y yo... el mismísimo diablo.

La muchacha se paraliza ante lo que oye. Sólo hay algo peor que la identidad de tus pesadillas, y es conocer sus intenciones. Por eso vuelve a interrogar con sigilo:

—¿Por qué en la oscuridad... qué esperas?

—Nada. Tú me pusiste aquí... al ignorarme. Si tan sólo me dejaras, nuevamente, formar parte de ti y escucharme, conocerías lo que te han velado, y armarías la realidad que te han birlado, para que tomes las decisiones correctas.

Cecilia despierta... no ha sido más que un extraño sueño. La última imagen del intruso ha quedado grabada en su memoria. Quizás fue una jugarreta de su somnolienta mente, elaborando bizarras historias a partir del sufrir diurno. Tal vez algún espíritu celeste, que, por protegerla, le advierte; o acaso ha sido el propio arcángel caído, diciendo su verdad o actuando con malicia. Lo cierto que la última imagen borrosa que recuerda, ha sido la de su novio vestido como el mismísimo demonio.

De algo está segura... el mensaje ha sido claro. Debe sacar la venda de sus ojos y armar el puzle de la realidad, porque su vida le pertenece, como la obligación de velar por ella.

De forma serena sus pasos la dirigen hacia el teléfono, lo descuelga. Piensa lo que hará el sábado por la noche, porque en casa no se quedará; y dedicará el domingo a descansar, porque al culto, no irá...

El elemento faltante

1839, Louis Daguerre se atribuye la invención de la moderna fotografía. 1895, los hermanos Lumiere dan otro salto al darle movimiento a las mismas, naciendo el primitivo cine. Por eso causó poderosamente la atención mundial, cuando recién en el año 2025 Marcos Latorre patentó el instanmovie.

Marcos trabajaba reparando aparatos electrónicos, y si bien contaba con título de ingeniero, en realidad nunca se había distinguido entre sus pares. Siempre fue un ambicioso sin logros, o sea, un soñador.

La novedosa máquina pergeñada, ceñía en una a la fotografía y a la película, vale decir, a la imagen congelada fundida con la del movimiento. ¿Cómo podía suceder? El mecanismo era más ingenio que prodigio tecnológico. El aparato era manual, como una máquina fotográfica o filmadora. Desde el visor el operador encuadraba la escena, y una pequeña cruz roja se movía a su gusto para seleccionar el objeto a congelar. La presión en el botón de inicio sólo fijaba lo señalado; el resto del encuadre se filmaba por cinco, diez o veinte segundos. El resultado era asombroso. Un niño fotografiado en una plaza aparecía inmóvil y detrás de él las palomas volaban, las hojas del otoño caían y un juguetón cachorro escapando de su dueño se le cruzaba por delante.

El invento rápidamente causó sensación, quizás no por lo revolucionario, tal vez sí, porque a nadie se le ocurrió antes. Surgió una nueva escuela de arte, y la instanmovie reemplazó al 3D como arte de vanguardia. Marcos se hizo millonario de la noche a la mañana... y curiosamente fue su único invento.

Alejado del trabajo de operario, el joven se dedicó a brindar conferencias de todo tipo. Fue invitado a congresos empresariales, a disertar en cursos de emprendedores, a dar charlas en encuentros filosóficos o asesoramiento en reuniones metafísicas. Él aceptó todas las propuestas.

En cada ocasión dibujaba en una pizarra una torre con varios elementos que la constituían. En la cima escribía en un gran cuadro la palabra INVENTO, verticalmente hacia abajo, en un rectángulo menor EMPEÑO, luego en sucesivos bloques similares las palabras VISION POSITIVA, ALTERNATIVAS, IDEA, y terminaba con otro pequeño conteniendo las iniciales EF.

Explicaba el disertante, que todo nace con una idea, de la cual se desprenden alternativas para concretarla. Algunas son valederas y otras alocadas. Con una postura positiva se lleva adelante la más promisoria y con esfuerzo y empeño se la ejecuta. Todo ello decía el inventor, que, si no fuera por el aura mediático en torno a su persona, sus palabras sonaban a vulgar libro de autoayuda. Cuándo se le preguntaba por el significado de las letras EF, él siempre respondía "No podría traducírselas, piensen lo que ustedes quieran, ni yo mismo puedo descifrar esa sensación que llega cuando nace una idea, y por eso yo se las señalo como Elemento Faltante". Más de una vez los oyentes quedaron disconformes, porque allí reinaba la verdadera esencia del hacedor, la fama y de la rápida fortuna.

Hay una historia poco conocida del joven científico y otra más profunda que solamente aprisiona para sí. En su lujosa mansión de las afueras de Burgos, Marcos cierra con llave su dormitorio. De un cajón de la mesita de luz saca un álbum de fotos tapizado con gastado cuero marrón. Lo abre justo en la foto que busca. En ella aparece él, con sus nueve años de edad; detrás su madre que falleció poco tiempo después. Foto que muestra dos seres congelados a poca distancia. Instantánea que no permite ver lo que sí continúa en la memoria del inventor... el beso tierno de madre en su mejilla. La vida no sólo le robó a Marcos una madre en plena niñez, sino miles de besos, abrazos y tiernas palabras, hasta que por lo menos llegara a ser adulto. Hoy el millonario inventor brota en lágrimas deseando ser otra vez aquel niño, para sentir ese beso que la maldita fotografía no le permite ver... ni sentir. Muy dentro de él lo sabe, la NECESIDAD siempre será el germen de las ideas, porque eternamente la meta será SOBREVIVIR.

Socialmente iletrada

¿Puedo pasar?, dice con cautela la mujer; sin dejar de poner un pie adentro y el cuerpo inclinado para seguir la inercia.

Por supuesto, responde el analista. Tome asiento, póngase cómoda, señalando con la mano el lugar donde mostrará el rostro la desazón.

Sin cuenta regresiva para el despegue, sin conteo para decretar nocaut, sin más vueltas, Melanie se abre paso en el mundo del discurso con una historia que ha repetido varias veces.

No se entiende bien el meollo del asunto; si desea solución a puntual congoja o cambiar pasados con justificaciones, atribuyendo errores a inoportunos terceros. De todos modos, volver al pretérito, o como se creía que era, no es opción; la solución siempre estará en el aquí y ahora.

A terapia, no es la primera vez que asiste; ya van cinco los analistas que la contuvieron y no dieron en el clavo. Ella insiste, porque sabe que los indulgentes no siempre motivan cambios de rumbo; ni los críticos egocéntricos, reconocen lo poco o mucho bien hecho. Ella busca alguien, que realmente escuche, sienta y la comprenda; pero a la vez que ofrezca la solución, burlona a su vista.

Arremete en primera instancia con novela familiar; la que permite comprender conductas, pero de ningún modo justifica. Prosigue con su adolescencia, tatuada de vaivenes propios de la etapa; y al final arriba a la adultez, plagada de quejas que la desconsuela.

Abarcar el mundo es imposible, pero extraer una muestra de él, bastante factible. Intenta el profesional encontrar el primer peldaño terapéutico, y por eso insiste en llevar a la mesa al malestar que más joroba.

Negada a divagar por el universo de las calamidades, afirma la paciente, que, en ese momento, lo más irritable es la mala relación con su cuñada que tiene por vecina. La acusa de calumniadora serial, de tirar la basura en su pórtico, de querer a su hermano separado de ella, y que entre ambas se han denunciado tantas veces, que la policía ya ni malgasta papel en tomar nota. En definitiva, dice Melanie, "mi cuñada es una persona tóxica".

¿Fuma mucho?, pregunta el psicólogo. No, no, me refiero a personas negativas dedicadas al daño, responde la paciente.

¿De dónde sacó eso? Vuelve a la carga el analista. Está escrito, responde la otra.

O sea, que si yo escribo algo... ¿Inmediatamente se transforma en verdad? Ladea su rostro con cierta picardía el profesional, manifestando incredulidad.

El titubeo se apodera de la mujer. ¿Cómo puede ser que tantos reconocidos voceros del bienestar personal hayan abordado el tema, y este terapeuta de barrio lo ponga en duda? Inmediatamente, como yegua desbocada, comienza a citar nombres y circunstancias, donde ha sido defraudada por personas tóxicas, sin que ella diera motivo alguno para recibir daño gratuito.

El analista se reconforta. Ha dado con el punto de apoyo para ejercer palanca, y así mover el mundo de quien padece.

Reconoce haber leído a los autores que ella cita; pero se sincera al sostener que, para él, todo ese palabrerío no es más que una ingeniosa máquina de embaucar. Que el interés está centrado en recaudar y no en beneficiar.

Melanie teme perder los estribos con este profesional; pero sufrir la misiadura social, hace mantener su trasero en la silla, aguardando alguna revelación.

Afirma el especialista, que una de las grandes diferencias entre humanos y animales, es que los primeros tienen conciencia de sí mismos. Se piensan, se evalúan, se proyectan. Si el resultado es positivo se enamoran de sí mismos, pero si al chanchito lo encuentran vacío... lo rompen y se deprimen. Los demás seres de sangre fría o caliente, no hacen más que guiarse por instinto, desde el nacimiento hasta la muerte. De allí la importancia de verse completo ante el espejo; sin grietas ni defectos anímicos o psicológicos. De eso depende la autoestima y las ganas de seguir la dolce vita; porque de lo contrario se siente vivir con la soga al cuello.

Luego enfatiza: —¿Quién es responsable por nuestros errores? Debería ser uno mismo. Pero tanta sinceridad tiene un costo, sentirse imbécil. Es más cómodo echar culpas a terceros, salvaguardando al Yo ideal, por más estúpido que sea. ¿Quién compraría un libro que te señala como boludo? Más vale comprar el otro, que te trata de víctima y castiga al mundo. El problema con esa literatura, es que, al no asumir tus torpezas, no cambias el rumbo, y hasta el final de tus días, en que empiezas a ver margaritas desde abajo, no dejas de ser un...

Es cierto que existen reverendos hijos de perra en nuestro camino —sentencia el psicólogo—, pero para aquel adiestrado en defender su orgullo, para los que hacen del NO contundente su firma personal, para aquellos que con maestría ignoran a esas calañas, y por, sobre todo, para los que nos les importa un bledo la existencia de esos demonios... sólo para ellos, los llamados tóxicos no existen. En definitiva, no es culpa del depredador ubicarse de esa manera, si el que se le presenta se ofrece como presa, se congela, y no ofrece defensa.

Melanie comienza a rebobinar su historia. Si le hubiera dicho No a ese pedido de garantía, hoy no estaría pagando lo que nunca disfrutó. Si hubiera sido firme ante a los deslices de su marido, hoy no la verían con esos cuernos que raspan el cielo raso; y qué de aquella compañera que la usa de taxi, o de aquel amigo que la tiene como billetera parlante. Con cada recuerdo, pasa lo mismo. Poco a poco se va dando cuenta. En un mundo de parásitos, sólo sobrevive quien posea el mejor sistema inmunológico.

El psicólogo ha hecho su mejor esfuerzo. Ha traído luz al origen del problema; ahora debe afrontar el otro cincuenta por ciento, y para ello espera que le hagan la pregunta correcta... y ésta no tarda en llegar.

—¿Qué debo hacer?

Ambos ya de pie y al filo de la muerte de la hora pautada, el terapeuta indica el rumbo. Sostiene que no existe diálogo, si por lo menos no hay dos. Que ambos pueden hablar y también escuchar. Pero la diferencia la hace, no quien domina el diálogo, sino quien manipula las intenciones del mismo.

Es de brutos querer imponer criterio por el tono de voz; es de vivos llevar al oponente al rincón que uno desea. Si en vez de gritar e insultar, se habla con mesura y se pide "falso" perdón ¿No generaría en el otro una diferente respuesta?

No importa decir aquello de lo que no se está de acuerdo, siempre y cuando en la mente uno se repita "Pero... mira el pedazo de estúpido que resultaste ser, te estás creyendo toda esta mierda".

La paciente no lo puede creer, nunca ha escuchado tantas palabrotas juntas, y menos de alguien que cultiva el equilibrio de la psiquis. ¿Pero si tiene razón? ¿Y si lo intenta? ¿Qué puede perder, si por el otro camino hasta fue prontuariada por revoltosa?

Una semana después, en el barrio de Melanie se respira otro clima. Una cuñada circula con el pecho inflado creyéndose invulnerable, comentando a sus vecinas lo grandiosa que es la esposa de su hermano.

Un caso entre miles

Decenas, cientos de pacientes transitan por el consultorio del Doctor Paslov. Son tantos que al final terminan intercambiando rostros e historias, perdiéndose la esencia y la humanidad en cada uno. La capacidad de asombro se disipa al compás del interés en profundizar malestares, que sólo conducen a largos y fatigosos tratamientos.

Paslov siempre respondía con los mismos argumentos: "¿Sabe usted por qué él no cambia?"; y ante rostros indoctos argumentaba: "Él la insulta, le pega, la maltrata, la cela, la limita y manipula... y ¿usted?, no hace nada" "¿No se da cuenta? Por qué debería él cambiar, si todo le sale perfecto. La que debe cambiar es ¡usted!". Otras veces daba clases de amor: "Querer es acariciar con la mano, con un beso, con un regalo o una linda palabra. Golpear no es querer, es desear que un objeto se rompa". En ocasiones oficiaba de vidente: "Al pasado y presente lo conoce, pero yo le puedo asegurar que, si no hace algo por su vida, la violencia va a crecer... porque siempre ocurre así". En otras, aconsejaba como pediatra: "Me dice que no se aleja por sus hijos. Vaya sabiéndolo, los niños desean ver a papá y mamá juntos. Cuando son adolescentes poco les importa, porque su atención está centrada en pares del sexo opuesto. Cuando son adultos vendrán y le dirán: "Mamá, por qué te quejas, por qué no te separaste antes" y usted se dará cuenta del tiempo perdido; y, sobre todo, el haber criado hijos con la visión del hombre fuerte sobre mujer sumisa, y a hijas que tal vez elijan a un machista como lo fue el padre". En pocas ocasiones, cuando la charla se lo permitía, Paslov concluía con frases de Spinoza: "Nadie está obligado, según el derecho natural, a vivir a gusto de otro, sino que cada uno es protector nato de su propia libertad"; a las que le agregaba otras de Bucay: "Nadie puede obligar a nadie a quedarse donde no quiere. La gente que quiere irse y no se va, se queda porque no está dispuesta a pagar el precio".

Hoy al consultorio de psicología se apersona otra mujer, una más de miles... o quizás, no.

Candelaria dice llamarse. Cabellos castaños claros con dos trencitas a los costados. Ojos color almendra, cuerpo delgado y pequeño. Viste faldas poco sensuales, blusa blanca y sandalias sin taco. Camina con timidez hasta el sofá de los entrevistados. De a poco desarrolla su historia. Suave al hablar, se la nota preocupada, ansiosa.

Relata estar casada con un buen hombre y tener dos hijos maravillosos. Viven en zona rural, a pocos kilómetros de la ciudad. Asegura que su esposo es muy trabajador; es el primero en levantarse para atender los animales, ordeñar las cuatro vacas y separar la leche para el desayuno de los niños. Antes que estos se despierten parte a trabajar en la cosecha de trigo. Vuelve antes que se haga de noche para terminar alguna tarea pendiente en el hogar, y todo eso lo hace de lunes a lunes. También es cariñoso con sus hijos, y con ella... también.

No entiendo, dice el analista, cuál es el problema. Las juntas, dice ella. Luego profundiza. Objeta que los amigos de su marido, algunos solteros, otros separados o mal casados, le han advertido que a las mujeres hay que dominarlas, manipularlas y darle de vez en cuando uno que otro golpecito para tenerlas cortitas de rienda. Y él los complace, porque el gringo es bueno, pero medio bruto, apunta la mujer. Los hechos siempre se desencadenan de la misma forma; después de una simple discusión por temas triviales, él pareciera encontrar la oportunidad de aplicarle una cachetada, que, si bien no es violenta, la hiere en su ser, y a él lo acerca con el estándar que los otros sostienen. No hay forma de hacerle entender que aquello no hace falta para que ella no se aleje de su lado, pero... "yo soy débil de carácter, no puedo hacerle cambiar, y hasta creo que esos amigos tienen algo de razón", termina con lágrimas la exposición Candelaria.

El terapeuta duda, cree que sus gastados tips de nada servirán. Esta mujer tiene razones para salvar la pareja y por ende la familia. Si de alguna manera se pudiese corregir la actitud del marido... pero de manera contundente, sin mediadores... mmm. Paslov saca cálculos matemáticos, psicológicos, sociológicos y antropológicos. Mide el lapso de los episodios, el nivel sociocultural, la educación, la personalidad y las creencias. Al final considera patear el tablero y arriesgarse; en definitiva, estaba con un caso distinto entre los miles por él atendido.

Le sugirió a la muchacha esperar la próxima cachetada, pero esta vez... ir por más. En un teatralizado acto de locura debería exigir ser golpeada hasta el hartazgo, hasta que al otro sus fuerzas lo abandonasen... porque después del vil hecho, ella esperaría a que se durmiera y lo mataría a garrotazos. Esta advertencia debería quedar claro en el golpeador, para que se defina por negro o blanco y no escabullirse en los claroscuros de las interpretaciones.

—¿Está seguro que funcionará doctor?

—No, seguro, no, pero si desea un cambio, lo mejor es modificar lo que uno viene haciendo para que los resultados sean distintos; pero si serán buenos o malos, no lo sé.

La muchacha, primero emocionada con la idea se fue arrinconando en su timidez; porque no hay nada peor para el miedo que refugiarse bajo la suela del zapato del adversario. El Psicólogo se levantó de la silla y se alejó varios metros. Le pidió a la mujer que se pusiera de pie, subiese a la silla y luego al escritorio. Ella dudando, pero mostrando esa mala cualidad a ser manipulada, lo hizo. Desde abajo Paslov le preguntó: "¿Cómo me ve?". Desde aquí arriba más pequeño, dijo ella. El profesional respondió: "Bueno... es así como debe ver a su marido y a los que quieren dominarla; siempre verlos más chicos que a usted, sin poder de daño".

Han pasado seis meses, el profesional le da una ojeada a las personas que están en la sala de espera, allí encuentra un rostro conocido, ella le sonríe, luego la reconoce. Se lamenta el psicólogo que la mujer se encuentre nuevamente en problemas, nada ha servido, pero al menos la encuentra con vida. La mujer se acerca, camina con otro ritmo, más segura, más sensual. Sus cabellos ahora están sueltos, sus labios pintados, su rostro finamente maquillado y por, sobre todo, usa jean muy ajustado que regala lo que antes estaba camuflado. Luego de presentarse, obsequiando un beso en la mejilla, comentó:

—Le doy las gracias, después de hablar con usted estuve practicando en el espejo durante un mes, y hasta mi hija adolescente me ayudó. Llegó el gran día, y por una sopa tibia mi marido encontró la oportunidad para darme una leve bofetada. Lo enfrenté, hice tres pasos hacia delante y hasta no sentir su aliento no me detuve. Casi nariz con nariz le exigí que me siga golpeando, porque sería la última vez. Ante su sorpresa... y la mía, me envalentoné, y con cara de loca suelta y cejijunta amenacé con matarlo por la noche mientras durmiera. Que a la Policía le diría que fueron delincuentes, y todos confiarían en mí, porque en la comarca me conocen como mujer sensible y sin malicia. Mi esposo no lo podía creer y esa noche no pudo pegar un ojo. Al otro día se mudó con los padres; luego de tres días volvió hecho otro hombre; y yo, soy otra mujer...

—Pero, qué haces aquí, yo creía que... —inquirió él—. No pasa nada, vengo a acompañar a una vecina que atraviesa por un problema similar. En fin, como usted ve, de alumna a profesora —sentenció ella.

Un fantasma sincero

Sentado en la cama... más bien acurrucado en la cama, estaba Tobías, viendo televisión para no pensar en la misma cosa. ¿Soy atractivo? Su madre, dos hermanas, las primas y una tía respondieron que no era feo... pero tampoco dijeron que era lindo.

La pregunta que lo torturaba día y noche podía analizarse de varias formas. ¿Era atractivo? Salvo para el narcisista, la belleza física por sí misma no suma. Sin embargo, si tiene fin utilitario... ¡vaya si cuenta!

En este último caso, el carnal fin material sería atraer mujeres con la sola premisa de ser bello. Quizás si la pregunta fuera ¿Cómo serlo?, se dejaría el modo pasivo, para que todo suceda sin esfuerzo, y se impondría el modo activo, que actúa sobre la realidad y la transforma para provecho. Pero para Tobías, lo segundo era imposible, si no tenía seguro lo primero.

Las mujeres representaban una muralla, que no sólo le impedía relacionarse, sino que además avanzaba sobre él. Cada vez que charlaba con alguna, sentía la presión de esa pared de cemento que lo oprimía.

Desconfiado de las mujeres de su entorno, incrédulo de los analistas, debía encontrar la solución a su manera.

Sentado en la cama... más bien acurrucado, estaba, desahuciado, viendo televisión para no pensar en la misma cosa. En el noticiero local pasaban una interesante nota. El cronista desarrollaba una curiosa historia desde la autopista interestatal, donde tres automovilistas, en el lapso de un año, habían vivido la misma experiencia.

Los tres jóvenes de comprobada honorabilidad, habían argumentado que al transitar en solitario por la mencionada carretera, entre los pueblos de Lester y Orage, se detuvieron a levantar a una mujer que les hacía autostop. Sin conocerse los testigos entre sí, increíblemente la describían igual. Alta, delgada, rubia, ojos celestes, con un vestido blanco y una macha roja en uno de sus costados. Refieren que la muchacha, aparte de agradecer el favor de acercarla al pueblo siguiente, les dio recomendaciones sobre seguridad; de lo necesario de abrocharse el cinturón y de no exceder la velocidad permitida, porque los accidentes suelen suceder. Lo más increíble de los testimonios, era que antes de llegar a Orage, la mujer desaparecía del interior del habitáculo.

Tobías cree encontrar la solución a sus problemas. ¡Debe encontrar ese fantasma! y por tres razones. Primero porque es mujer, segundo porque no es de su entorno, y tercero porque tampoco lo es de este mundo y desaparece sin dejar consecuencias. Por lo tanto, ¿por qué temerle o cohibirse frente a ella?

Durante cuatro meses hizo el recorrido en solitario, y la mala suerte sacó ventaja. Al promediar el quinto la ve. Paró el automóvil y la observó de pies a cabeza. Tal como la describieran no era. Tan flaca no parecía, más bien tenía unas formidables curvas. Tampoco era tan rubia, sí un hermoso castaño claro enrulado. Sus ojos no eran celestes, sino unos grandes y hermosos ojos marrones. Pero la prueba indudable era el vestido blanco con esa horrible mancha roja a un costado. Bajó la ventanilla del acompañante y sin sentir el peso de la famosa pared femenina le dijo: "Sube, yo sé quién eres, te llevo hasta el otro pueblo". Y la muchacha, como levitando, con armoniosos movimientos abordó el vehículo.

A poco de recorrer la mujer advirtió: "Vas demasiado a prisa, por favor baja la velocidad". Él respondió: "Sí, sí, por supuesto, pero mira, llevo el cinturón abrochado".

Para no perder tiempo en explicaciones, fue directamente al asunto. Le relató sus dudas con el sexo opuesto y que requería de ella una objetiva observación. El ánima se sorprendió por tal directo requerimiento para el cual no estaba preparada, pero respondió a su manera.

—Te mueves por el mundo como murciélago de día, al que se le escapa todo de la vista.

—No entiendo.

—¡Exacto! No entiendes nada... veo que eres rápido para aprender.

Y el espíritu de la mujer enseñó... con una manera un tanto directa y demasiado sincera.

—No importa cuán atractivo eres en la superficie; lo que a la mujer en el fondo le atrae es tener a un hombre de la H a la E frente a ella. Que se comporte como tal; y que sin importar a lo que se dedique, pretenda ser el mejor en su especie. Si es taxista o lavacopas, igual da, pero que demuestre ser el mejor conductor o un diestro lavando copas. La imagen varonil lo es todo; en cambio, con negatividad sacas a relucir inseguridad, cercenando tu creatividad, haciendo que seas predecible, o sea, una personalidad aburrida.

Y mientras miraba la ruta y hacia lo cambios de marcha, no desperdiciada oídos para tan académica charla.

—¿Te parece que soy aburrido? Creo que sólo es mala racha. Yo hago todo para enamorarlas, pero siempre los malos tipos me las quitan, parece que eso a ellas les gusta.

—¡Eres increíble! Aparte de rápido para comprender, das excelentes ejemplos de ignorancia. Que dejes de estar rígido y te abras a las mujeres es lo esperado, también ellas lo hacen. Eso facilita el contacto en el enamoramiento; pero tú directamente te muestras regalado. Y aunque quieras ocultarlo, ya has mandado el mensaje telepático de lo que eres. Debes lograr que sea un tanto difícil lograr estar contigo... debes cotizarte.

—¡Hacerme el difícil!

—¡Hacerte desear!, que no es lo mismo. Quien se muestre como gran desafío...no cuenta. Quien siempre se sienta menos que los demás... ni hablar. Quien posea el suficiente carácter como para estar de igual a igual y en ese equilibro fabricar felicidad... ¡adelante! ahí la tienes.

Tobías acumula nuevas energías, y su esponjosa mente absorbe los nuevos conceptos. El tiempo se le acorta y necesita más consejos.

—¿Debo ser un buen o mal tipo? ¿Debo atreverme con todas? ¿Debo dejar ver mi lado sensible?

Y el ángel con curvas comenzó a cansarse.

—Puede que se enojen contigo, pero nunca se aburrirán. Los chicos malos son el desafío de toda mujer... son el reto. Si sólo sales con bichos... sólo te conocerán por eso, y ese será tu valor. Si dejas salir todo el tiempo tu lado sensible te van a dominar y manejar... y ser títere a nadie le gusta.

Y en las puertas de Orage Tobías desaceleró su coche. Con un "Sé que aquí es donde te esfumas" le dio las gracias y emprendió el retorno. Viajó dos kilómetros tratando de administrar lo aprendido. Nada de aburrido, ser el premio, pensar en positivo, ser creativo y varonil y... a dos kilómetros atrás quedó el fantasma. ¿Fantasma?

—Hola hija

—Hola pa.

—¿Quién te trajo de la fiesta?

—No sé, me dijo que me conocía.

—Ten cuidado. ¿Intentó algo?

—No, todo lo contrario, sólo hablamos de lo que a mí me interesa, no sé si a él le habrá servido.

—¿Y esa mancha en el vestido?

—Un imbécil, con helado de frutilla.

El poder de la palabra

¿Qué es el humano, sino manojo de palabras?

Ellas definen, cuando nos hablamos. Ellas describen a otros, con sus críticas y halagos. Con ellas interactuamos y amamos. Son ellas las que transportan amor u odio. ¿Qué sería de la belleza, sin palabras que la describiera, y de los sueños sin vocablos para contarlos? ¿Dónde quedarían los sabios, si su saber no se difundiera? ¿En dónde estarían los diablos, sin palabras para condenarlos? ¿Cómo haríamos para avanzar, sin dar o recibir consejos?, ni que hablar de los errores callados que te obligan a repetirlos. El mundo no es mundo material, es el conjunto de palabras que se cruzan entre los humanos que fabrican su propia realidad.

Cuenta la anécdota que un desdichado esperaba turno en el consultorio psiquiátrico. Sería atendido al último, justo cuando el profesional había agotado su libido y exprimido las defensas psicológicas. Sentado con cabeza gacha y cubierta con gorrito puntiagudo de papel aluminio, el loco estaba atento a la única ventana de la sala de espera, y desde allí al vasto firmamento. En soliloquio rumeaba palabras inaudibles para los otros. La Secretaria se había parapetado detrás del escritorio, con el teléfono en una mano y el tubito de gas pimienta en la otra.

El anteúltimo paciente se retiró y el último ingresó.

Ubicados en posición psicoanalítica, el paciente recostado boca arriba en un mullido sillón, y el terapeuta sentado a un costado fuera de la vista del primero. Sólo las palabras hacían de intermediario.

Al demandante le cupo la tarea de explicar razones de presencia, sus preocupaciones y demás dolencias. Al asesor, la de escuchar y encauzar la entrevista. Primó de entrada el juego del poder de la palabra. En uno su verdad era incuestionable, en el otro... también.

Sostenía el trastornado que seres galácticos se disponían a invadir la tierra, y que los gobiernos del mundo eran cómplices. La gran conspiración estaba en marcha y el día del juicio final, pautado. Preguntó el docto sobre los hechos que daban crédito a tal aseveración, porque no sería extraño que todo sea fruto de una exagerada imaginación.

Sin ofenderse o molestarse, el chiflado enumeró hechos, dio ejemplos, enunció pruebas y citó circunstancias. Hizo ver el aumento de programas televisivos sobre extraterrestres, según él financiados por agencias secretas para que el público se fuera habituando a la idea; comentó del creciente número de personas, aviones o animales desaparecidos, si rastro alguno. Dijo sentir que leían su mente, por eso lo del bonete de aluminio por encima de su frente.

El terapeuta corrió la silla hasta quedar a la vista con el paciente. Le explicó que las cadenas televisivas, a través de un estudio de mercadeo, producen programas de acuerdo a gustos o preferencias, y que la desaparición de cosas o personas respetan una estadística, cuyas causas se determinan o se siguen investigando hasta nueva pista.

El tocado sintió el golpe a su postura, y dispuesto a hacer valer sus verdades, sentenció:

—Doctor, uso este casco de metal porque si no, estoy obligado a emplear los poderes mentales que los alienígenas me impusieron, forzándome a leer las mentes de los terrícolas y enviarles a ellos toda la información. ¿Quiere que se lo demuestre?

—Como no —fue la respuesta curiosa.

El excéntrico se quitó lentamente el puntiagudo gorro, respiró hondo y se explayó:

—Usted doctor se recibió de psicólogo con edad mayor al promedio del alumnado. Se enamoró de varias compañeritas, pero la diferencia de edad era notable y eso lo angustió. Ahora está casado, pero en proceso de divorcio, y acaba de regresar de México con su secretaria... su amante.

El psiquiatra enmudeció, había datos que sólo eran de su propiedad mental. Tal vez el cansancio de final de jornada, no le permitió razonar que el insano había hecho acertadas conjeturas aleatorias en base a datos visuales. Había juntado, correctamente, en su trastornada mente la fecha que figuraba en el diploma universitario colgado en la pared, relacionándola con la edad que aparentaba el profesional, y conjeturando lo que les sucede a los hombres maduros frente a jovencitas. Lo otro era más evidente. El profesional portaba anillo de bodas, pero sobre el escritorio sólo había fotos de sus hijos. Tanto él como su secretaria exhibían un dorado caribeño en sus rostros, y mientras ella lucía unos aretes mayas; él, una cadenita de plata al cuello con dije azteca. Pero nada de esto fue advertido por los dos. Mientras uno le exigía a su mente, una razonabilidad a lo escuchado; el otro, tercamente, asumía el rol de espía intergaláctico.

La lucha de palabras se redobló, y el psiquiatra no pararía de hacer valer su verdad... el otro también.

Luego de dos horas, el otrora loco salió. Se lo vio diferente, erguido, seguro y sin miedos. Dirigiéndose a la secretaria no se contuvo en alabar al terapeuta, a quien calificó de magistral y hasta salvador de almas, al haberlo hecho entrar en razón, evitado que cayera en la ceguera de la demencia.

La secretaria se apresuró a ingresar al consultorio y transmitirle a su jefe las aduladoras expresiones del paciente, para luego, al quedar solos, abrazarlo y besarlo. Pero no lo encontró en su silla, sino tirado en el piso, en un rinconcito de la habitación. Con rostro desencajado y el sombrerito de aluminio en su cabeza sólo atinaba a decir y repetir:

–No se acerque a la ventana, nos pueden estar observando.

Agujero de gusano

Atónitos. Los guardapolvos blancos se miran entre sí. No son colegiales, pero se comportan como tales. En inmaculado y frio espacio, a temperaturas por debajo del cero absoluto, los potentes electroimanes han proyectado la partícula subatómica "X" a velocidad luz. En la meta, su vida, sólo, dura un segundo, pero se muestra "más joven" que su gemela "Y", estacionada e inmóvil desde el origen del experimento.

Sonríen. Son los viejos jóvenes practicando en la sala de química del colegio. Son los jóvenes viejos ejerciendo sus doctorados en el Gran Colisionador de Hadrones.

Nuevamente les complace corroborar en la práctica, lo que en teoría formuló Einstein. Espacio y tiempo son caras de la misma moneda. Se modifica el primero, se altera el segundo.

Atónitos. Los guardapolvos blancos se miran entre sí. Nuevamente han podido manipular el tiempo. Años atrás queda aquel vital momento. Mientras muchos festejaban un nuevo aniversario de la independencia americana, ellos comprobaban la existencia del bosón de Higgs; partícula necesaria para comprender las propiedades de la masa; punto de arranque para confirmar la presencia de otras partículas teóricas: los strangelets, los micro agujeros negros y el monopolio magnético.

Pero entre tanta culta felicidad, se inmiscuyen las dudas. ¿Qué habrá sido del manojo de partículas que acompañaron a X, y ahora... desaparecidas? El triturador de átomos calla sus secretos.

Hiroshi Naguka, Jefe del equipo científico internacional, no puede relajarse. ¿Está feliz? En su habitación de hotel, en Ginebra, piensa la próxima frontera. ¿Será posible al humano viajar en el tiempo? El empleado de limpieza desfila por su puerta con la aspiradora acariciando la alfombra del pasillo. Su mente se desconcentra y deja de hacer cálculos exquisitos para imaginarse la máquina chupa polvo. ¡Lo tiene! El siguiente paso serán los micro agujeros negros; la singularidad temporo-espacial que lo engulle todo.

Cuatro meses después, la supercomputadora del complejo lo confirma, pueden detectar y manipular la materia oscura; predecir la aparición de la ruptura del espacio continuo, observar el surgimiento de un puente Einstein-Roseny, y experimentar con... agujeros de gusanos.

El debate moral sobre utilidad o peligrosidad queda superado. Hiroshi Naguka sabe lo que hace y es convincente en su discurso. Dos premios nobel de física, decenas de premiaciones académicas, cientos de publicaciones y libros lo avalan; él, es la mente científica más brillante del planeta... y quizás una de las más solitarias. Por la ciencia lo ha dejado, casi, todo. Es adinerado y tiene fama; pero a sus sesenta y dos años, sólo la calvicie y unos lentes de aumento lo acompañan en silencio.

Quizás la edad, quizás su presente, lo impulsan a plantearse lo mismo que la humanidad adulta: "Quiero volver a ser joven", "recuperar mi inocencia", "mirar el futuro despreocupado", "resolver lo errores y evitar en el presente sus consecuencias".

Curiosamente, la propia habitación le responde y lo desconsuela. Una pintura otoñal cuelga como ermitaño adorno. A un costado, el artista tomó prestada una cita y la estampó: "Todo fluye, nada perdura, todo cambia" Heráclito.

Los primeros intentos disfrutan de aparente éxito. El agujero negro es logrado en condiciones controlables. A lo que se acerca... devora. Partículas subatómicas, quarks, protones, neutrones, átomos... y la luz, que se dobla ante la inmensa fuerza gravitatoria, se pierden en un oscuro infinito. Pero... nada regresa.

Nuevas ecuaciones, nueva carga de datos. Pasan a la fase dos. Células vivas desaparecen en un santiamén. Están inspirados. Con datos obtenidos vuelven a calibrar el complejo aparato. Un cricetinae de laboratorio tendrá el orgullo de ser el primer crononauta de la historia. Fijan en diez años su regreso al pasado, época en que sus progenitores aún no existían. El animal no regresa. Se desilusionan.

El director científico no desespera. Esa noche exige su cerebro al máximo. Trata de evitar la pintura en la pared, que lo insta a desistir de su obstinada locura. Miles de años de civilización le arrojan la misma reflexión "Todo fluye, nada perdura, todo cambia". Entonces... ¿Por qué insistir en cambiar al pasado? Solo él lo sabe; la duda es la salida para la rígida certeza.

Al día siguiente reúne a su equipo para cambiar los parámetros de la prueba. Arriesga una genial hipótesis. Sostiene, que todo ser o cosa con existencia posee un origen; y de allí una línea del tiempo hasta su desaparición. Con lógica sostiene, que nada enviado al pasado puede sobrevivir, más allá del momento de su nacimiento, porque en aquella porción del tiempo nunca existió. Todos acuerdan.

Programan nuevamente a la supercomputadora y el hámster número dos desaparece por el misterioso túnel oscuro. El bucle en el tiempo funciona y el animalito reaparece en un parpadear de ojos, y hasta más gordito.

Examinan, analizan, especulan. Creen hallar la fórmula milagrosa. El blanco animal ha permanecido una semana a dos años en el pasado, pero que en el presente sólo ha significado sesenta décimas de segundo.

La algarabía también tiene una cuota de decepción. Podrán enviar a crononautas hacia atrás, pero no más allá de lo que dura una vida humana; y jamás hacia adelante, donde la línea del tiempo todavía no ha sido dibujada.

Atónitos. Los guardapolvos blancos se miran entre sí. Hiroshi Naguka se ha propuesto para primer viajero temporal de la humanidad. Luego de semanas de infructuosos debates, coinciden que él, por demás, es el candidato más apto para el viaje y su análisis... sobre todo, porque merece el crédito de tal descubrimiento.

Lugar, hora y años a retroceder... los fija arbitrariamente el pionero temporal.

Sentado en la burbuja transparente, los rayos a su alrededor generan un agujero de gusano controlado. Hiroshi Naguka desaparece y retoma su lugar un segundo después. ¿Feliz, triste? Confundido. Con un "no ha pasado nada, esto es un total fracaso" se calza sus ropas y se marcha a su hotel.

En su habitación reflexiona sobre la semana vivida en su pretérito consumido. Había elegido regresar cuarenta años atrás, a su época universitaria. Encontrarse con Yumiko, la única novia en su memoria. Revivir el enamoramiento; y descubrir las razones por las que fue abandonado. No le importan un céntimo las consecuencias de alterar el curso de la historia... facturada y cobrada. Él se muestra egoísta y pobre. Desea para sí, lo que no puede comprar... la felicidad perdida.

Revive episodios. Corrió a la biblioteca, donde recuerda que estaba estudiando en aquel momento. No se encuentra. Significa que el Yo del pasado y el Yo del futuro no pueden coexistir. Sólo puede habitar el ser del presente que narra su línea en el tiempo. Con cuerpo joven, atlético, vista perfecta y mucha adrenalina fue a buscar a Yumiko a su casa. La bella oriental lo recibe sorprendida. Su novio solía desaparecer varias semanas por razones de estudio. La besa, la abraza, le declara amor incondicional. Pasan la tarde juntos, ella como es, él como adolescente con mente de adulto. De repente un recuerdo. Mañana es el examen en que sacó un 9 injusto, única mancha en su legajo universitario plagado de aburridos 10. Se disculpa, debe prepararse, es la oportunidad de ir corrigiendo errores. Día dos: en plena prueba se distrae agregando anotaciones que trae del futuro, sin concentrarse en lo que específicamente le piden. Si en la original escribió cuatro hojas, ahora funda sus respuestas en diez. Por no alcanzarle el tiempo, vuelven a calificarle con 9. Se decepciona, pero igual tiene a Yumiko a su lado. Día tres: Se encuentran, hacen el amor, ya olvidado. Él habla de sus planes de futuro y a lo que ansía. Ella, de vivir juntos, tener hijos y una casita blanca a las afueras de Hiroshima. Día cuatro: lo invita a cenar con sus padres, él se disculpa, quiere revivir la conferencia que diera un fantástico hombre de ciencia, que definió su destino. Día cinco: Yumiko está molesta, él trata de compensar su egoísmo con una salida compartida. En la pradera los dos, pero él, único que habla de sueños de grandeza. Su mente puede contener la experiencia acumulada del futuro, pero su cuerpo joven lo impulsa a rodar y a rodar. Día seis: Hiroshi intenta vanamente contactarla por teléfono. Su padre se disculpa y dice, falsamente, que la joven no se encuentra. Día siete: lo sabe, ella decidió abandonarlo. A Dios le bastaron siete días para crear el mundo; a él, para destruir el propio.

Decepcionado, intenta no recordar más. Como almohada, quieto y en silencio, permanece en la cama del hotel. Golpean la puerta, la voz del encargado de limpieza anuncia presencia. Le franquea la entrada. Hombre delgado, tez cobriza, rasgos hindúes, porta una voluminosa aspiradora descolorida. Acuerdan que mientras uno hace su labor, el otro acomodará sus papeles. De repente, el ordenanza se queda mirando el cuadro otoñal. En precario inglés le pide al ocupante de cuarto que lea la cita grabada. Sin dejar de extrañarle, Hiroshi lo hace "Todo fluye, nada perdura, todo cambia". El hindú le agradece y aclara. Es iletrado, por eso pide a cada pasajero que ocupa la habitación que la lea. Le agrada escucharla, por más que la sepa de memoria y no concuerde con ella. El científico se asombra. Deja lamentos de lado y se pregunta qué sabe un analfabeto de filosofía. Mirándolo a los ojos le solicita su opinión, porque para él, la pintura alecciona lo correcto. Su interlocutor apaga la aspiradora. También está sorprendido. En años de humilde oficio, sólo ha recibido algunas quejas y muchas gracias, pero nada que se parezca a un interés por lo que él piensa. No desea ser descortés con el cliente, iniciando controversia por cosas intrascendentes. Sólo atinará a sostener su punto y respetar el ajeno.

El hindú muestra su lado espiritual, que sustenta ideología y manera de interpretar su existencia. Sostiene que el tiempo no se mueve, está quieto, en eterno presente. La esencia de las cosas y de los seres es universal e inamovible. Lo particular cambia, la esencia, no. Señala su aspiradora. Dice que ella es, la suma de años de servicio, engullendo objetos que alguna vez formaron parte de la historia de los pasajeros. Alguna moneda, un arete perdido, papeles sin importancia, alguna carta arruinada por las lágrimas que ha provocado, o cabellos en la cama, resultado de feroz sexo consumado. Por eso esta máquina se distingue de sus iguales en los otros pisos. Cada una ha vivido una historia distinta, que en el presente las define y distingue. En el hombre pasa lo mismo. Mientras más cambien sus circunstancias, más será el mismo. Imposible separarlo en el tiempo, porque serian sujetos distintos. Cada circunstancia que vivió, fue afrontada con los elementos que contó; cada resultado que obtuvo fue acomodado en su presente, en su inamovible esencia.

El científico más prominente del planeta y la supermillonaria maquinaria a su disposición, no habían podido explicarlo mejor, que este empleado de hotel con destartalada aspiradora. Hiroshi encuentra paz. Sabe que anhelar el pasado no le dará felicidad; él es quien es, por lo que hizo, y de ello se siente orgulloso.

Atónitos. Los guardapolvos blancos se miran entre sí. Hiroshi Naguka ha regresado a su trabajo; pero esta vez... lo acompaña un extraño ayudante, es hindú y poco sabe inglés.

El Big Bang humano

Auditorio colmado. Las conferencias del profesor son míticas, nadie se las quiere perder. Primero entra ella. Dorados cabellos alisados, delgada, chaqueta a dos tonos y pollera por arriba de las rodillas. Lentes pequeños y rodete con hebilla plateada. Es profesora adjunta, y se sienta al costado del escenario cruzando las piernas.

Él espera en el pasillo, al lado de la entrada... dudando ingresar. Ha recibido una carta perfumada con beso estampado en la solapa. Beso de labios femeninos de color rojo perlado.

La coloca en un bolsillo, respira profundo y comienza su lento descender hacia el escenario. Saluda al auditorio y abre el maletín. Saca papeles sin prestarles atención. Su mente viaja como luz por miles de lugares, menos por el anfiteatro. De repente, como cámara en reversa, introduce los papeles en el portafolio. Su asistente lo observa y pretende ayudarlo, pero él se aparta de sus notas y va directo al micrófono.

Luego de secar su frente, mira de izquierda a derecha al alumnado. Esperan... el silencio exaspera.

—¿Saben cuál es la fuerza humana más poderosa?

El auditorio reflexiona. Se comienzan a levantar manos de cada parecer. Algunos opinan que es la fuerza bruta del macho, otros la adrenalina, la locura, los actos desesperados o la unión como especie. No, no y no va respondiendo el profesor para desalentar a quienes pretenden apostar.

—Les pregunto por la energía psíquica que trasciende al cuerpo y modifica la realidad.

Nuevamente hay quienes pretenden encontrar respuesta a tan simple pregunta y apuntan... el amor, el odio, la felicidad, la avaricia, y nuevamente, no, no, no... hasta que al final alguien dice ¡El sexo! Por ahí, dice el disertante. La profesora adjunta revisa el programa del día; no entiende la estrategia de su colega. Parece haber perdido el rumbo.

—Biología y Sociología... ¿Qué es uno, sin otro? ¡Nada! Hasta la más simple molécula de vida no actúa sola. No existe el Robinson Crusoe en ningún ecosistema, porque hasta él tuvo que convivir con un indígena para que tomara fuerza la novela.

El profesor ahonda sobre el molde biológico que se viste de ropa, de las emociones herederas del sentido de supervivencia y de los sentimientos encubridores de instintos. Glorifica la naturaleza como regente del destino del planeta y destierra ideas de omnipotencia por encima de ella.

—El acto humano es careta de lo que es: títere de la naturaleza.

Les explica que el destino de la humanidad está ceñido a que machos y hembras se apareen y ¡punto!... nada más. Lo que sigue, cualquier expresión como residuo que no afecte al primer mandato.

—Entonces... volvemos a la pregunta. Si sexo es lo que todos buscan, ¿cuál es la fuerza más poderosa que lo consigue? ¿Cuál es el Big Bang humano?

Algunos insinúan la atracción, otros repiten el amor, los menos se arriesgan por las feromonas, pero sólo consiguen no, no, y no.

—El amor es producto final, no fuerza inicial. Pareja son, aquellos dos que ensamblan sus historias infantiles, alocadas adolescencias y actos maduros, en un territorio de nadie... pero mutuo. Aunque antes debió suceder algo, de aquella "incomodidad del rose de una mano" al "suicidio del pudor", que bien lo define Woody Allen: "El sexo sólo es sucio si se hace bien".

Chicos... les hablo del enamoramiento como la fuerza más poderosa. La más biológica y social que se les puede ocurrir. La que hace arrancar ropas a mordiscos y que fogosamente se amen... con el oculto propósito biológico en que la especie continúe.

Risas y comentarios en el auditorio. Nuevas manos se levantan. Son los conservadores, puritanos, los menos liberales que desacuerdan, sosteniendo que el amor es más fuerte. Pero la respuesta desde el púlpito no se hace esperar.

—Se extiende más en el tiempo, pero no más poderoso. Es como comparar un mar calmo con un pequeño pero bravo rio.

El disertante develó la respuesta, los alumnos quedaron captados y la Adjunta no logra adivinar dónde se dirige. El docente vuelve a secar su frente, introduce el pañuelo en el bolsillo equivocado y recuerda la perfumada carta. Debe apurar pasos y resolver el dilema.

—Estar enamorado es "Dar lo que no se tiene a aquel que no es" como dice Lacán. Porque ofrecemos una versión de nosotros que no concuerda con la diaria; y vemos al otro idealizado, sin mácula, cuando en realidad tiene varias. La naturaleza practica la excepción en la regla, suprimiendo nuestro Yo narcisista, que protege, en busca de ese objeto amado... y llegar a historias de cama. Camino de glorificación por el otro, olvido de uno mismo. En vez de salvación, muchos sólo consiguen perdición. Ya lo dijo Freud "En la ceguera del amor, uno se convierte en criminal sin remordimientos". Por suerte, cuando descubrimos las miserias en el otro, deja de ser dios para mostrarse... humano; y si lo aceptamos tal cual es, fallece el inestable enamoramiento, surge el largo amor, que todo lo puede. En palabras de Buda "El odio no disminuye con el odio. El odio disminuye con el amor".

Los alumnos concuerdan con lo expresado, aunque más de uno recuerda haberlo leído. Lo que ignoran, son los motivos del profesor al citarlo.

—Y en esta familia de actuaciones encubiertas, ¿quién sería el hermano malo del enamoramiento?

Todos se miran, nadie arriesga. Ya no quieren un NO como respuesta. El profesor sentencia.

—¡El adulterio! ¿Se sorprenden? De qué otra forma la naturaleza potencia sus chances de supervivencia, si no es tentando por igual a célibes y a enlazados con la fuerza del enamoramiento. Piénsenlo. Para quien a jurado fidelidad de por vida, el amor lo calma, lo sosiega, lo devuelve al ser racional original. Pero basta que el código de atracción se reinicie con otro cuerpo, para volver a profesar ese loco alucinar de necesitar y sentirse necesitado; y ya no queda alternativa... que traicionar lo social y dejarse llevar por lo natural. ¿Pero saben? El enamoramiento no es igual al adulterio, porque mientras el primero se rige por reglas limpias, el segundo... siempre, pero siempre arrastra consecuencias nefastas.

El profesor ha dicho justamente lo que ha venido a decir. Se aparta del micrófono mientras observa su mano con el anillo consagrado. Al costado, la profesora adjunta ha comprendido el mensaje, y una lágrima rueda por sus mejillas hasta sus labios rojos perlados.

Maldita herencia bella

Gira, enérgico, el fino rostro hacia él. Irascible, lo observa. No le prodiga palabra alguna. Por largo tiempo espera una respuesta, pero él sigue inmerso en los controles del vehículo.

—¿No vas a decirme nada? —Lo increpa sin esperanzas.

Algo en el semblante del conductor cambia. Se esfuerza por comprender, si realmente debe malgastar tiempo en explicaciones vanas.

—¿Me estás escuchando, o debo arrancarte las palabras?

—¿Qué te pasa loca? —Sacado, por fin se pronuncia, tratando de llevar su rostro hacia ella, sin dejar los ojos despegarse de la ruta trazada.

No sólo el monólogo con sus quejas la enfurece, también que su contrincante no admire su profesional papel de hembra lastimada.

—¡Detente! Me quiero bajar.

—¿Acá? Eres una demente... espera que lleguemos y hablamos —Trata de aplacar la ira.

—¡Detente! No lo vuelvo a repetir...

A desgano, recalculando destino, busca un lugar adecuado para aparcar y tener, una vez más, otra de esas charlas, habituales, tediosas y sin sentido.

El sitio elegido no se ofrece propicio; pero ninguno lo es para batallar con reproches. Ambos descienden, caminan un trecho y se detienen sobre el calcinante suelo. No hay resolana, el sol castiga sin atenuantes y hasta parece escasear el oxígeno. El ambiente hostil es marco perfecto a lo que se dirán. Nadie interrumpirá, están seguros; aunque para él... vendría bien.

Ella trata de amortiguar sus reclamos. Entiende que por las malas no consigue nada del terco, cerrado y gélido compañero. Anhela que los sentimientos que erizan piel, puedan ser llevados por el verbo; expropiados por su partenaire. Comprende lo que siente, y trata que el otro lo asimile.

—No puedo aceptar este compartir tan huraño. Es tan... lo deseado decirte; es tan... lo que ansío saber de ti... que me parece irónico que tan sólo nos vemos cuando puedes —Su voz ha vuelto a ser tierna y femenina.

El otro, lejos de comprender o asimilar, dice lo suyo.

—Nunca he logrado entenderte. Eres dueña de tu vida, como yo de la mía. Tus acciones, sueños y fantasías se gestan en tu mente, como resultado de tu historia y lo que aspiras del futuro. ¿No merezco el mismo beneficio? —sentencia el hombre que apetece el éxito en solitario.

Lo escucha... pero no comparte. Para ella, la lógica del macho es férrea, pero oxidada. ¿Qué de los triunfos y de las metas logradas, si no hay a quien contarlas? Quiere probar otro punto de acercamiento.

—¿Cuándo estamos juntos, no deseas quedarte más tiempo?

—¿Para qué? —se muestra intrigado, frunciendo el ceño.

—¡¿Cómo, para qué?!... para seguir sintiendo la unión; honrar el hecho de estar juntos; gozar el momento y desear que sea infinito; sentirnos uno, y a tocarnos como si fuera nuestro propio cuerpo...

—No, no, ¡detente!... déjame aclarar. Cuando me busques para copular, me llamas, y si puedo... o quiero, nos apareamos; pero no veo en eso nada especial para seguir derrochando el tiempo.

Ambos quedan mirándose de pie. A veces, diálogo no es más que sonidos rebotando entre muros. Él, más alto, agacha su cabeza para hacer contacto visual, pero ella lo evita. El código no es compartido, y cada quien habla, pero no es entendido. Él se aleja y aborda el vehículo, esperando en silencio al mando de los instrumentos. Ella se queda un minuto callada, tratando de contener al magma de emociones que amenaza estallar. Cómo ansía que ese hombre, que le interesa, fuera un poco más como ella; buscando con agitación y pasión a su opuesto, para hacerlo suyo en un arranque irracional. Clama ser hechicera, ingeniera de embrujos, para trastocar la mente fría del varón, y hacerlo esclavo lascivo de sus curvas y encantos.

Entre bronca y deseo, una exclusiva gota salada parte de sus ojos, para desviarse momentáneamente en su pequeña nariz, y sortear sus voluptuosos labios, hasta suicidarse en un charco de dudosa agua.

El vehículo y sus dos ocupantes parten hacia las estrellas, llevándose la herida, dejando la venganza servida.

En un planeta de paso, primitivo, cubierto de hidrógeno, vapor de agua, amoníaco y metano; la solitaria lágrima ha sido pócima milagrosa, al ser origen de primeros organismos vivos. Ni fulgurantes relámpagos, ni feroces volcanes, ni genocidas asteroides, podrán cambiar el ADN de los "surgidos" en ese caldero primordial. Ellos son y serán, frutos a imagen y semejanza, de la trunca pasión de su creadora. En este mundo vivo, creado de aquel primer momento, Ellas siempre reclamarán mayor atención a su persona; y Ellos portarán la maldita, pero bella herencia de la venganza, al buscar, perseguir, anhelar, soñar y delirar, mientras dure su existencia... estar junto a Ellas.

Un psicópata útil

Era la segunda vez que Lucía acudía como paciente. La primera, por la muerte de su madre y ese duelo que no terminaba de suturar. Ahora, por razones totalmente distintas.

Esta es una de esas sesiones que sólo duran... lo que dura una sola sesión.

Recuerdo haberle dicho: "Te veo muy bien", sin saber si se lo decía por cortesía o por su exuberante físico... igual da.

Lo cierto que, si concurría nuevamente a terapia, un problema existía y a ella le afligía. Descartado un rebrote de angustia, avanzamos con nuevo rumbo.

Contó que hacía dos años no se relacionaba con ningún hombre, negando que los rechazara, sino que ninguno daba con el calibre de sus deseos. Y no era que Lucía fuera pretenciosa; pero un vago por naturaleza, otro que sólo hablaba de su antigua novia, o aquel de sus entrañables mascotas... no despertaban la codicia de la platea femenina. Sus treinta y cinco años sumó otro factor. Señala haberse topado con tres clases de hombres y sus fantasías. Los más jóvenes, encarnando en ella la experiencia sexual que se toma para luego huir. Los de más edad, imaginando que a su lado habían encontrado la fuente de la juventud, se creían autorizados a comportarse y vestirse de manera ridícula; y, por último, los de su generación, que, si no estaban casados, comprometidos o dudando de su sexualidad, estaban empecinados en vivir la adolescencia ya vencida. Lo único que asemejaba a los tres grupos, era la falsa creencia de que ella, a su edad... estaba "desesperada".

Hacía un año había conseguido nuevo empleo en una importante empresa con futuro. Identificada con su trabajo, buenos compañeros, creía estar en el mejor momento. El problema se centraba en su jefe inmediato. No en la cabeza de la empresa, sino en un mediocre intermediario con ínfulas acrecentadas.

Lo describió como un hombre con edad biológica para ser su padre, pero representando el papel de novio en formol. Vestía bien, siempre sonriente, exultante, pero un crápula con quien se le opusiera. Cree que obtuvo ese puesto por dos razones; primero porque era un vago por naturaleza y de él nada se obtenía, o sea, como empleado era rotundamente improductivo; pero valioso para la empresa debido a su personalidad perversa, ya que todos le temían. Con esa mezcla de talentos, le era natural ser obsecuente con los mandos directivos, y despiadado con los empleados para que hicieran su trabajo. Otra de sus malas virtudes era creerse un viril varón irresistible, por lo que sin tapujos se les proponía a todas por igual. Más de una cayó en sus redes, para luego ser reemplazada por "la nueva". Era de esperar, a Lucía le esperaba su hora.

Primero, el cretino sondeó sobre su estado civil, luego indagó sobre potenciales pretendientes. Con la excusa del trabajo la citó varias veces a su oficina para mantener charlas intrascendentes, y cuando parecía que daría el lascivo paso, ella, como en las mil y una noches, encontraba excusas para alargar la espera.

—Se da cuenta doctor, no tengo escapatoria. Si lo insulto como otras pierdo el trabajo, si acepto, me degrado, ¿qué hago?

—Puedes insinuarle que ya tienes novio.

—Él sabe que no y la mentira se me nota en la cara.

—Prueba con una foto de un muchacho en tu escritorio.

—Él investigó con mis compañeras y sabe que no salgo con nadie. Y si funciona ya no puedo salir con otro hombre, porque no va a ser el de la foto y me delataría; o lo que es peor, me pierdo de potenciales candidatos al hacer creer que ya tengo compañía. No, no... lo que necesito es que me deje de acorralar. Se da cuenta... no hay solución a mi caso.

—No desesperes, ya lo dijo Einstein "Los problemas importantes no se resuelven en el mismo nivel de pensamientos en que fueron creados".

—No lo entiendo.

—Déjame pensar.

Y así fue que busqué una salida elegante para Lucía. Curiosamente como en materia penal, en terapia dos hechos no son iguales, por lo que la pena o la solución tampoco lo es.

—Escúchame bien Lucía. La salida tiene dos partes. La segunda es que aceptes sus propuestas indecentes.

—¡Cómo! ¿Qué tipo de respuesta es esa?

—Ninguna. Sólo simboliza el castigo si a la primera no la representas con todas tus fuerzas, ¿se entiende?

—Creo que si... ¿qué debo hacer?

Y hablamos por un rato y nos reímos juntos por otro tanto, hasta que la sesión terminó.

A lo que pasó luego solamente me lo puedo imaginar, ya que al lunes siguiente sólo recibí un mensaje de texto que decía "todo funcionó como lo predijo, usted es un genio".

Y si hubiera sido testigo presencial, al asunto lo habría descrito así. Ella, elegante y sensual como siempre, pero con mirada introspectiva eludiendo el afuera. De caminar lento, y rostro a punto de quebrar en llanto. A cada animal en desventaja le corresponde un depredador al asecho. Y oliendo la desgracia, el lobo con piel de cordero se presentó con sus afilados colmillos.

—Lucía... tengo algo que decirte, te espero en mi despacho.

—Ah, sí, si...

—Toma asiento mientras pido dos cafés. ¿Pasa algo? Te noto distraída.

—Si... eh, lo siento, pero no he podido dormir en toda la noche.

—¿Alguna fiestita privada que me perdí?

—Qué más quisiera... pero no se preocupe, mis problemas son sólo míos.

—¡Por favor! Faltaba más. Cuéntame lo que te pasa y verás cómo te soluciono ¡tooodo!

—Bueno... Usted verá. Hace algunos años tuve un novio. Al principio bien, aunque demasiado servicial. Luego mostró celos, falta de frenos inhibitorios, deseo de control, manipulación, y al final su agresividad. Traté de ayudarlo, pero él no reconocía el problema. Cuando me enteré lo que había hecho con otras mujeres, me horrorice, porque yo iba en igual camino. Las había martirizado, incluso una se había suicidado por la presión. Fue denunciado mil veces, por lesiones graves, intento de homicidio, inducción al aborto, resistencia a la autoridad, narcotráfico, piro maníaco y tenencia de arma de guerra. Le diagnosticaron bipolaridad con rasgos esquizofrénicos. ¡Un verdadero psicópata! Desde que lo dejé me vigila, me atosiga con llamadas telefónicas, y a cada muchacho que se me acerca le daña el vehículo o lo amenaza con una navaja. Anoche llamó desde número desconocido y me amenazó de muerte advirtiendo que, si no era de él, no sería de nadie. ¿Se da cuenta de mi calvario?

—Ah... sí, sí, bien... tienes que hablar con la policía.

—Sí, eso haré. Pero... usted, ¿no tenías algo que decirme?

— ¿Yo? ¿Decirte algo?... no, no, para nada.

Proceso de intercambio

La criminología asegura que el ladrón, aparte de llevarse algo del lugar de los hechos, siempre deja algo de él. Puede ser una huella digital, algún rastro de ADN, o su modus operandi que lo delata. A esta ecuación se la denomina proceso de intercambio.

Jhonatan no es delincuente, o eso cree. De niño fue un damnificado, víctima de la inmadurez de sus padres. Jóvenes que no estaban en sus planes formar familia, tras el desliz de una pasión. Inmaduros para casi todo, fueron más impulso que reflexión, y al niño lo usaron para fustigar al otro. El tiempo pasó para los tres; pero mientras dos encontraron calma en la madurez, en el tercero el daño ya estaba hecho. Jhonatan tuvo varias novias, o eso es lo que ellas creyeron. Se dedicó a conocer la psicología femenina, y de ella rescató los más variados versos para congraciarlas. Llegó a conocer sus familias, cenar con ellas, o jugar con los hijos de otras, separadas. Acabada la pasión, cumplido el objetivo, iba por la siguiente. Así lo hizo con sus frustrados pasos por distintas carreras universitarias, como por sus esporádicos trabajos. Con cada acción dada, fue causa de efectos. Por cada capricho en que se abocó, un malestar dejó. Cuentan los que lo conocieron, que Jhoni no era mal tipo, pero la falta de modelos con los cuales guiarse, lo hacía ser más impulso que reflexión.

Dicen que el futuro está escrito y es distinto para todos. También que depende de la personalidad forjada y del pasado construido, y no hay que olvidarse que además se somete al hecho de encontrarse uno en el minuto exacto en el lugar específico. Así ocurrió con el protagonista.

Un día como tantos otros, pero no tanto, se levantó con mala fortuna. Descubrió que no tenía agua, gas ni luz, pero a cambio, por debajo de la puerta, le habían dejado sendas notificaciones por mora. Tocó las puertas de varios departamentos vecinos, para solicitar el baño y asearse; pero invariablemente fue rechazado por sus inquilinos, molestos por sus ruidosas fiestitas nocturnas. Debió preparar mochila y caminar cinco cuadras hasta la estación de servicio en donde había trabajado años atrás, y utilizar el mismo maloliente excusado, que él tampoco como empleado nunca limpió ni le recomendara hacerlo al nuevo y actual encargado. Llegó tarde al trabajo en una concesionaria de automóviles y fue reprendido. Apenas se sentó, un cliente que lo esperaba lo insultó por haberle vendido un auto con motor fundido. El gerente, rápido de reflejos, evitando la mala publicidad, miró a Jhonatan directo a los ojos y lo despidió. El joven salió desconcertado de su último empleo. Malhumorado, reclamando a los mil cielos por el día de porquería que tenía, remachando con fuertes palabras en sus pensamientos, se decía una y otra vez no ser merecedor de tanta desdicha, si él nunca había jodido a nadie.

Caminó unas veinte cuadras por la acera sin rumbo fijo. Fue objeto de autos que expulsaban barro de los baches y de palomas con diarrea.

Pensó entrar en un bar, pero lo encontró cerrado. La mesera lo había reconocido segundos antes, y no quería repetir la ingrata experiencia de atender a tan insolente cliente. Caminó un poco más, y debió cambiar de rumbo al ver de frente a ese perro marrón que día atrás le acertara con una botella.

El destino estaba jugando con él.

Quiso cruzar la calle, pero del otro lado estaba un ex compañero de estudios a quien años atrás le solicitó ser garante de alquiler, que nunca pagó, pero sí el otro. Tuvo que buscar nuevo rumbo. Caminó cien metros; siendo nuevamente centro de palomas.

El destino lo esperaba a tiro de piedra.

Por la misma acera y hacia él, venía caminando la hermana de una ex novia, a quien él fustigara por gorda, y que la otra respondiera con anorexia. Para no recibir un insulto, intentó cruzar la calle de una vez. Los planetas se alinearon y las leyes universales hicieron su trabajo. La calle se transformó en un pimball, cuando un automovilista por mirar a la flacucha, chocó a una moto que asustó a un perro marrón, que saltó a la mitad de la calle, obligando a otro rodado a esquivarlo, perdiendo el rumbo y dando de lleno en Jhonatan, alzándolo por los aires y depositándolo con fuerte golpe contra el asfalto.

Malherido y con el último aliento de vida, se tranquilizó cuando advirtió la ambulancia pública. Con la oreja derecha pegada con sangre al pavimento y la imposibilidad de levantar el rostro, sólo alcanzó percibir unas contorneadas piernas femeninas, con guardapolvo blanco hasta las rodillas, corriendo hacia él; pero que al aproximarse iban, misteriosamente, deteniendo el paso. Jhonatan nunca alcanzaría ver al paramédico que podría haber salvado su vida... si hubiera querido: aquella delgada rubiecita que estudiaba para doctora, que él embarazara y obligara a abortar. Ojo por ojo, proceso de intercambio.

Eterna batalla

La compuerta... completamente abierta. Mis pies, clavados con fuerza en el piso. Macizas nubes filtrándose raudamente, y el poderoso viento deformándome el rostro. Siento mi cara estirarse y los ojos cerrarse. Pánico, pavor; estoy aterrorizado. Transpiro. Los músculos de mis brazos se tensan. Aprieto los dientes; y mis manos, a más no poder, presionan el marco de acero. Percibo la fricción y el calor en las yemas de los dedos, que se niegan a desprenderse, para evitar la inevitable caída. Busco no mirar, pero intuyo los miles de metros que separan mi cuerpo del suelo. Alguien insiste en arrojarme al vacío. Trato de oponerme a esas homicidas manos en mi espalda, con titánico esfuerzo. Estoy en un avión en pleno vuelo.

Me despierto atormentado, lo ominoso no discurre. Por varios minutos me niego a bajar de la cama. Mi corazón insiste en palpitar fuera de control. Los pocos centímetros al piso se asemejan a los otros miles sufridos en la pesadilla. Mis manos tiemblan, las palmas sudan; todavía guardan la vívida sensación de la presión por aferrarme a la vida.

Así Juan relata a su atónita novia el horripilante sueño de la noche anterior; y ella, en vano, hace esfuerzos para tranquilizarlo.

Insiste, no ha sido el único. En los últimos meses ha padecido las mismas horrorosas historias nocturnas, en distintos escenarios, pero con el mismo tizne macabro.

Me encuentro en la pared vertical de una empinada montaña. Nada a qué aferrarme, sólo dependo de mi equipo de escalar. Doy un paso en falso y me desplomo treinta metros como peso muerto. La cuerda de seguridad absorbe la caída, me salva... me sostiene. Una extraña energía me jala hacia el fondo; reclama llevarme al oscuro y ominoso final. Me invade el miedo... mucho miedo de que ceda el anclaje.

Juan continúa; su novia, asombrada, lo escucha y se preocupa. Ella es intuitiva, él racional; por eso se aman.

Sé que estoy viviendo un sueño, porque nada es real... nunca lo es. Me esfuerzo por despertar, pero el único camino posible es dejarme caer y... morir junto a la ilusión nocturna. Pero no sé si despertaré viendo luz, o todo se acabará en ese lóbrego mundo de quimeras. Por eso me aferro a la vida, por más que sea de fantasía.

Ella recuerda. Le señala que alguna vez ha soñado algo parecido, pero no tan dramático.

Desde la azotea de un rascacielos contemplo la ciudad. Pequeña, insignificante debajo de mis pies. Hay personas a mí alrededor, nadie me presta atención. Tengo recelo de acercarme al borde del mirador, pero un poder sombrío me obliga. Antes de caer me aferro a una soga atada a la barandilla, quedando suspendido en el aire. Otra vez sé que estoy dormido, pero delirando, o sea, despierto en sueños irreales. Nuevamente soy consciente que puedo despertar si me suelto de mis amarras... pero no me animo; el terror a la muerte me enloquece.

Ella le acaricia sus cabellos con cariño y algo de pena. Es mujer, curiosa y platónica. Tratará con la lógica que congela; y si es necesario, con ciencias desprestigiadas, que se animan con lo ignorado, para descifrar el enigma de esos recurrentes sueños. Le pregunta sobre elementos repetitivos, aunque no sean principales.

Él piensa y resume:

Estoy en una posición alta, caída brusca, una fuerza me arrastra al abismo y una línea me sujeta y lo impide. En el avión es el cordel atascado del paracaídas. En la montaña, la soga; y en el edificio una cuerda. Aunque débil, también recuerdo llevar en la cintura un cuchillo afilado y dentado, con el que me tiento a cortar la fibra. Nada más.

Se separan, cada quien investigará por su lado el intrincado martirio de las noches.

Su prometida comienza con lo estandarizado. Psiquiatras de renombre sostienen que ese tipo de sueño no es más que un mal recuerdo del alumbramiento. El feto humano debe hacer un "salto al abismo" entre dos mundos, y lo único que lo impide es el vital cordón umbilical. Relee los conceptos... pero no la convencen. Deja a un lado lo trillado, aunque normalizado, y se exige en lo original, aunque cuestionado. Lee apasionada lo postulado por la metafísica. Se le atribuye al humano dos almas, de las cuales una se escapa durante el proceso onírico. El cuerpo astral se desprende del físico para viajar a su antojo, pero siempre sujeto a un elástico cordón de plata. Ese fino hilo plateado evita al alma viajera perderse, y a la de carne morir por la ausencia de su compañera. ¿El cuchillo? Quizás un símbolo de la naturaleza para dejar el útero, según la ciencia; o señal de peligro y muerte por la separación de ambos espíritus, según la pseudociencia.

Juan también busca en la red, y descubre otros datos llamativos. En sitios especializados se sostiene que el 72% de las personas declaran haber tenido visiones similares. Los profesionales conjeturan que el soñante suele tener personalidad débil, dubitativa, con baja autoestima; o dicho en palabras no rebuscadas, un títere, un pelele. O bien, estar atravesando algún problema cotidiano difícil de resolver. Con dicha personalidad y dificultades a cuestas, la mente inconsciente lucha con el malestar diurno, y lo transforma en sueños nocturnos con un personaje ambivalente e indeciso en situaciones límites. La máscara que resulta, sólo puede ser quitada si el soñante enfrenta sus reales dilemas.

Deja de mirar la pantalla. Inmediatamente busca su celular. Debe advertir a Juan de lo vital que resulta no cortar el cordón; que su experiencia no es traumática, sino maravillosa; que Eros lo quiere a su lado, y le está permitiendo viajar para experimentar.

No atiende sus llamados. Un mensaje a su novia ha quedado guardado. Está cansado y dormirá hasta tarde. Si el mundo científico ha visto en él a un cobarde, le mostrará lo contrario. Con coraje tomará el cuchillo y cortará el estúpido cordel.

En la eterna batalla, Thánatos... nuevamente ha ganado.

¿Tomamos un café?

Ciencias formales: Matemática y geometría. Conjunto: Elementos aglutinados en el mismo espacio por alguna propiedad compartida.

Hombre versado en leyes, erudito en impartir justicia, dueño de libertades o grilletes, Dios ante el hombre, de palabra erudita que derrocha moral. Hoy, sin embargo, el juez, duda, cavila...

Cómo llamar ciencia al Derecho, si sólo es manojo de subjetividades, como toda disciplina social y ese anímico objeto de estudio que comparten: el hombre. Mirando al infinito, se pregunta si la Ley puede dirimir cuestiones afectivas.

En la sala de espera aguarda lo que antes fue conjunto... una familia, o los resabios. Sus integrantes se ubican en ángulos opuestos en el cuadrado salón. El padre, cabeza gacha, efluvio de odio, magma a punto de estallar; la madre, rencorosa, a la espera de venganza, aunque más no sea retaceando el botín: los hijos; y éstos, a medio camino, mutando de testigos a víctimas de violencia doméstica. Nadie suma, todos restan. Cada quien, a su manera, tratando de suturar heridas, que han venido a dañar la imagen narcisista de lo que fueron.

Hoy la función del letrado será acercar; frenar el delirio adulto que enceguece, y menguar el ahogo de los menores por impotencia; izar bandera blanca y terminar esta absurda guerra.

Hoy, como todos los días, debe mostrarse objetivo, imparcial, ecuánime, lógico, neutral; por más que deba comportarse frio e impersonal, si pretende hacer ciencia de lo social. Su mente es una máquina registradora de fechas, sucesos y comportamientos, que tras neurológicos resultados puede transpolar respuestas positivas del pasado a situaciones del presente. En definitiva, de lo social también se puede hacer ciencia; no por repetición milimétrica de hechos naturales, sino más bien por repetición de algunas características del hecho humano.

Se pregunta a quién hacer pasar primero. ¿A la madre? ¡Imposible! No querrá desprenderse de sus retoños para tener una charla en privado, y los menores no son milicia para esta batalla. ¿A los niños? ¡No! Los estrados no deberían formar parte de sus currículos de vida.

Hace pasar al padre. Es hombre y sobre él recae el estereotipo del macho. Lo debe aceptar si quiere que la sociedad lo vea como tal, por más que a veces reniegue. En él debe primar la seguridad, la lógica y el sacrificio de estar vacunado contra la soledad. Por eso cuando se lo indican, no duda en dejar a sus hijos con quien los cobijó nueve meces.

Jurista y ciudadano. No se ubican en un mismo plano. Uno es asertivo, el otro... puñado de penas y dudas. No hace falta explicitar de qué lado del poder se ubican; siempre rige en la memoria el concepto de autoridad paterna frente al niño que se fue.

Al letrado no le interesa la novela familiar. Tuvo comienzo, desarrollo y capítulo final, sin su intervención. Su prioridad es proteger a los más vulnerables, que recién comienzan a dibujar enclenques palotes de vida. Indaga con quien se quedarán. El hombre afirma "con la madre"; él ha tomado la difícil decisión de retirarse del hogar, y no desea sumar desterrados en esta historia. Muy dentro de él lo sabe, no solamente ha perdido un techo, sino todo aquello logrado a partir del día en que echó raíces. Necesitará tiempo para establecerse y emerger.

El juez aborda una línea, por lo general, tachonada de problemas: el día después. Intenta acercar pautas, pero se enfrenta, una vez más, con el recelo que invade a quién debe enfrentar el cambio. El padre se torna irascible, cuestiona que le hablen de régimen de visita. ¡No desea visitar a sus hijos!, quiere educarlos. Se lo calma al explicarle, que la medida no está pensada para su beneplácito, sino como derecho de los infantes de no perder el contacto con el adulto no conviviente.

Pero sólo es comienzo. El escenario se torna sombrío. Se pierde la seguridad de lo conocido, aunque malo; a cambio de lo desconocido, aunque promisorio... y eso atemoriza. El sentimiento de vacío y de la nada es tan profundo, que cada quién prefiere ver al otro como causa de angustia, sin explorar ni reconocer la propia participación. Y en esa campaña de inculpar lo externo, el miedo hace ver ogros en cada oscuridad, y transforma en cazador a quien no lo era.

El hombre encuentra la oportunidad de soltar una andanada de prejuicios y oprobios contra quien fuera su esposa; y en medio del confuso momento, el duelo se ejercita en sus dos acepciones: luchando por asimilar la pérdida del objeto amado; y contando los pasos hasta sacar la pistola de improperios para accionarla antes que el otro haga lo mismo, como si de vida o muerte se tratara. El Juez no se sorprende, está acostumbrado a escuchar la vívida transformación, de tildar como demonio a quien antes era un ángel, y del ubicarse como santo impoluto, cuando días atrás sólo se era mortal.

El magistrado no ha sido llamado a salvar lo que se creyó eterno y ahora sólo escombros. No obstante, con la vista en la fotografía de lo que se juró ante Dios, hoy agrietada en vertical, tratará de preservar las figuras parentales, porque los menores necesitan de mamá y papá en sus mentes nacientes.

Sabe el jurista que hay momentos en que la rígida ciencia no encuentra cabida en los sentimientos en debate. Sabe que a veces debe dejar de lado sus gruesos libros, porque lo emocional no se halla en ningún artículo. A veces, sólo a veces, la ciencia da lugar a lo que dicta la experiencia, inmiscuyéndose lo subjetivo, porque de eso también somos. Debe aplacar ira combatiendo ansiedad; y no hay mejor manera de hacerlo que anunciando una verdad pocas veces vista: "Lo que parece particular e inquieta, realmente suele pasarles a muchos"... y eso tranquiliza.

—Permítame decirle algo —dice el magistrado. — Usted es una persona adulta, por lo que supongo que ha llegado a esta etapa tropezando, aprendiendo, disfrutando y superando errores. Ha llegado porque ha tenido, de alguna manera, éxito. Se presume, que hacia adelante lo seguirá teniendo, porque sabe cómo sortear los baches del camino. No obstante, veo que por engendrar el natural miedo de perder sus pasos, piensa que ni siquiera el piso le ha quedado. Se ve obligado a refundarse, y eso lo atemoriza, al suponer que debe repetirlo todo, y ya no tiene edad ni fuerzas para ello. ¡Nada más equivocado! En algo podemos estar de acuerdo. Usted puede pedir mil cosas en la vida, y está en la voluntad de otros concedérselas. Lo único que no puede pedir, es que lo quieran. Porque eso se da, o no, de forma natural, y no depende de cuánto usted lo desee. Su vida afectiva es tan suya, como la forma en que desea vivirla. Sin embargo, usted tiene una obligación, y es la de ser padre, y deberá llevarla adelante, hasta que sus hijos lo miren a los ojos y le digan que pueden seguir solos. Quiero entregarle una manera muy simple de alcanzar dicho objetivo, y que no necesita de costosos intermediarios, ni idas y vueltas por abarrotados despachos. El costo es irrisorio, pero el valor es alto, ya que requiere de entereza, compromiso, humildad y paciencia. El resultado es increíble; es la entrega de la única fuerza humana que se puede transmitir de generación en generación... el amor. ¿Si usted está dispuesto a escuchar?

Y ante un sí que surge en los gestos del hombre, el juez dictó sentencia basado en su experiencia:

—Invite a su ex mujer a tomar un café; solos, con la honesta intención de hablar sobre los niños. Distendidos, propóngale esta simple regla de cuatro puntos, en donde su cumplimiento, beneficiará a todos. Captada su atención, desarróllela: 1° Lo más importante son los hijos. 2° Frente a ellos no se discute; si es necesario... a cien metros de distancia. 3° Cuando uno de los dos está a solas con los menores, no se habla mal del progenitor ausente, porque decirle que papá es idiota o mamá una golfa, hace que ellos no respeten al idiota o a la golfa. 4° Si hay claroscuros o temas que no se puedan resolver... volver a la regla 1°.

El hombre quedó pensativo. No podía creer que una idea tan simple pudiera poner orden a tan desordenada historia. Se levantó, agradeció al magistrado, salió por la puerta del despacho y hacía su ex compañera de cuitas se acercó, y hasta parece que le hizo una pregunta...

Glosolalia

Imaginario social, mezcla de realidad con lo que la sociedad cree que es. Imaginario individual, lo mismo, pero más personal.

Las redes sociales lo muestran. Toda mujer entrega una porción de lo que es, dejando un universo de interpretaciones a la comunidad que la observa. El hombre... lo mismo. Así resulta que ellas suben selfies de la silueta más favorecida; en picado si son pechugonas, de perfil si están dotadas de atrás. Siempre sonrientes, y alguna vez con rasgos de picardía. Ellos son más dejados; por lo general se retratan serios, intelectuales, machos alfas o junto con algún artículo que los cotice. Nunca un cuarto de segundo para tomar la instantánea, representará los años de tristezas, alegrías, sufrimientos, suertes, cobardías, complejos o errores en la vida. Quien observa, si es mujer, lo ve como un ganador, seductor, romántico, fuerte y seguro; si es hombre, las contempla sin ropa en la cama.

Simón entendió esta realidad, y cada vez que concertó una cita, la realidad se encargó de desbaratarla. La fantasía motivadora fallecía al simple contacto. Resulta que cada mujer no era ni tan come hombre, ni tan libertina, ni carecía de pasado, ni su presente era libre de problemas, ni su futuro de pretensiones.

Desilusionado, abandonó la pantalla y se propuso conquistar a la antigua. En reunión de amigos, un viernes nocturno y profético, los alcoholes aflojaron lenguas y atontaron neuronas. Todos eran Casanova y tenían la receta perfecta para aniquilar corazones. El aspirante a galán escuchó cada detalle, para saber si plagiando algún método, cambiaría su suerte. Quizás el más bebido, el más estúpido, expresó una tonta frase sacada del imaginario del macho: "Las mujeres que van a los cultos son las más desesperadas y traviesas... buscan lo distinto, cansadas de tantos sermones"

Simón especuló: ¿Y si pruebo?

Comenzó con un culto cristiano, todos los domingos a la misa de las once. La liturgia no era de su interés, sólo la parte en que el sacerdote procedía al saludo de la paz y solicitaba a los presentes que se expresaran con un gesto de amistad. Cierto que consiguió estampar un par de besos en mejillas de dos jóvenes interesantes; pero en promedio, en tan corta oportunidad, se vio besuqueado por mujeres que podían ser su abuela, o por niños con edad de ser sus hijos. La última gota que lo motivó a desertar, fue ese insistente monaguillo, que rápidamente en trancos largos, se comía los quince metros desde el altar, para abrazarlo y besarlo.

Ante el primer fallo, decidido probó con el Islam. Primera mezquina que encontró, allí estuvo. Salió rápido. No le hubiera importado tener que sacarse los zapatos para ingresar a la sala de oración, pero que hombres y mujeres tengan que orar en ambientes separados, no era parte del plan.

¿A un templo judío? No ¿Y si lo querían circuncidar? ¿A una iglesia menonita? Tampoco. No sabía cabalgar y a él le gustaba alardear en su moto. Intentar en un templo de los Testigos de Jehová... podía ser, pero estaría obligado a peregrinar casa por casa los días de semana con mujeres con polleras por debajo de los tobillos. Pensó en los Mormones, pero las bicicletas no le atraían. Por fin asistió a un par de reuniones con los evangelistas, pero era evidente que a la Biblia no la sabía de memoria, y no estaba dispuesto a desembolsar parte del sueldo para costear el auto importado del pastor.

Quince cultos más adelante, entre los que se contaban la iglesia maradoniana, San la muerte y el Aum Shinrikyo, lo deprimieron y en varias oportunidades casi pierde la vida. Resultaba que su imaginario no estaba a la altura de la realidad. Por creerse sagaz, no se daba cuenta que el circo ya estaba probado y en marcha para los dueños de la tienda, y no para inexpertos trapecistas.

Antes de arrojar la teoría a la basura, se tentó con la última opción. Probaría con un templo pentecostal, a dos cuadras de su hogar.

Atrincherado en uno de los asientos, pudo comprobar que el culto no difería del cristiano, aunque en éste, el coro de jóvenes guardaba algo especial. Delgada, de finas curvas, muy bonita, de ojos celestes y rubios cabellos, estaba ella. Era la voz principal del grupo, que, si no fuera por su espectacular sonrisa, podía reemplazar a uno de los querubines que adornaban las paredes. Se enamoró a primera vista.

De conocer y conquistar, su mente paso al deseo de casarse con esa mujer. ¿Cómo hacerlo? La joven, de unos veinte y tantos años, no llegaba ni se retiraba sola. Siempre iba acompañada de un pegajoso muchacho, que, en el coro, ejecutaba las partituras cristianas tocando la guitarra eléctrica.

Intentó formar parte del grupo, a ciertas, que él también era guitarrista y seguramente mejor que el molesto escudero. Allí se enteró que el susodicho era hermano gemelo de la rubia, y que las vacantes para el conjunto estaban agotadas. Semana tras semana asistió a las reuniones dominicales, sin poder arrimar ni un vocablo.

Nuevamente, antes que sus ganas se esfumaran, se propuso intentar una vez más. Se sorprendió al llegar. El hermano protector no estaba, y la guitarra descansaba parada al lado de un pilar. La rubia cantaba como nunca y el templo gozaba de su voz celestial, aunque devaluada por falta del acompañamiento instrumental.

Él buscó en su mente la estrategia para acercarse. Sería ahora... o nunca. El pastor estaba animado, llevaba las manos al cielo y exclamaba gloria al Señor. Los feligreses, movidos por la música y la voz del guía, gritaban y alababan con más fuerza de lo habitual. Las paredes del templo se sacudían con tantos gritos; y los presentes, exaltados, vociferaban hasta quedarse afónicos. El clima del ritual se iba elevando, y el muchacho, envalentonado con tanta energía en el ambiente, se escabulló por detrás de la congregación, apoderándose de la guitarra.

El plan estaba en marcha. Nadie le prestaba atención. Enchufaría el instrumento en el amplificador y se colocaría a la par de la joven para acompañarla en la canción. ¿Qué más heroico puede resultar un hombre, que viene complementar a la mujer en lo que más requiere?

De repente... sin que el muchacho se percatase, un par de mujeres de la primera fila, comenzaron a temblar de forma irregular. Con rostros al cielo y brazos en posición de cruz, como su salvador, empezaron a emitir sonidos sin sentido, pero similares a un idioma inexistente. El milagro se estaba patentizando; el don de lenguas había descendido de los cielos y se había apoderado del alma de las damas. La ciencia lo llama glosolalia, pero ellos, hablar en lenguas.

En otro rincón, un enamorado llevaba adelante su propósito. Enchufó la guitarra y a la par de la rubia se paró. Comenzó con varias notas, pero el mágico momento de fe estaba en auge, y a él también lo atrapó. Sus ojos comenzaron a brillar, varias lágrimas recorrieron sus mejillas, un temblor recorrió su cuerpo, y las palabras sin sentido brotaron como manantial por su boca. Todos aplaudían, gritaban y lo rodeaban con alabanzas al Señor. El clima de fervor llegó a tal punto, que las luces comenzaron a fallar, y hasta varias bombillas explotaron por el efecto fervor. Lluvias de chispas resplandecientes comenzaron a caer sobre el muchacho, que, arrodillado con la guitarra, se movía como músico metalero de rock. El templo quedó a oscuras. Luego, todos se retiraron felices por la milagrosa experiencia vivida.

La rubia acompañó al bendecido hasta el hospital, que, por falta de experiencia en lo espiritual, le costó sobrellevar la gracia del dios.

Dos horas después, al templo se llegó el hermano de la muchacha. Desconocedor de lo sucedido, sólo vino a buscar la guitarra eléctrica, que había dejado descansando en un pilar, por mal funcionamiento y severos problemas de corto circuito.

####

Si deseas leer más relatos psicológicos del autor, puedes encontrarlos en esta plataforma:

- Maldito YO interior: relatos psicológicos

- Zapatitos de cristal: y otros cuentos psicológicos. Relatos breves para personas curiosas.

- Cápsula del tiempo: Cuentos y relatos del siglo XX

- Sin códigos: Cuando el pecado habita la mente

- El ángel ruso: La historia romántica detrás de la mujer más bella del mundo

- La leyenda de Christ: Una historia agnóstica. Una visión atea sobre la vida

9 798822 372548